Frigiel und Fluffy

Band 2

Fluffys Rettung

Frigiel – Ange

Illustrationen von Anako

Ullmann

Für alle, die mir seit der Eröffnung meines YouTube-Kanals folgen, und für alle, die Frigel und Fluffy womöglich mit diesem Buch entdecken. Ich wünsche allen eine gute Lektüre!

Frigiel

Published in the French language originally under the title:
Frigiel et Fluffy, les Origines, tome 2 : Au secours de Fluffy

Coverillustration: Anako

Für die deutsche Ausgabe:

Übersetzung: Judith Borchert
Lektorat und Satz: JB Bild | Text | Satz
Coveradaption: Beate Lennartz; Dirk Diederich

Gesamtherstellung:
Ullmann Medien GmbH,
Rolandsecker Weg 30,
53619 Rheinbreitbach

ISBN 978-3-7415-2450-9

10 9 8 7 6 5 4 3 2 1

www.ullmannmedien.com

Die Figuren

Frigel: 10 Jahre alt, Enkel von Ernald. Er hat seine Eltern nie kennengelernt und weiß nicht, was ihnen passiert ist. Er lebt in Lanniel.

Fluffy: Frigels Hund.

Ernald: 60 Jahre alt, Frigels Großvater. Mann mit rätselhafter Vergangenheit, der das Dorf sehr häufig verlässt.

Hermeline: ältere Dame, Frigels Nachbarin und Beschützerin.

Ophelia: 11 Jahre alt, Frigels beste Freundin. Auszubildende bei Bartholomäus dem Architekten.

Erik: 13 Jahre alt, ursprünglich ein Rivale Frigels, inzwischen sein Freund.

Jenna: 10 Jahre alt, Eriks Schwester.

Mirka: 12 Jahre alt, Freundin von Ophelia, ebenfalls Auszubildende bei Bartholomäus dem Architekten.

Die Reisende: 62 Jahre alt, ehemalige Kartografin, die ihre Dienste meistbietend verkauft.

Der Mann in Grau: mächtiger und geheimnisvoller Mensch, der im Wald in der Nähe von Lanniel lebt.

Martha die Milde: 47 Jahre alt, Besitzerin der Herberge „Der muntere Zombie". Kein einfacher Charakter.

Moran: 38 Jahre alt, Mitglied der Silbergarden, Onkel von Jenna und Erik.

Kapitel 1

„Achtung! Achtung! Ein Skelett!", schrie Frigel.

„Oh nein!", rief Jenna und legte mit dramatischer Geste die Hand aufs Herz. „Wir sind verloren! Adieu mein Dorf! Adieu Eltern! Das Monster ist zu mächtig. Wir geben den Kampf auf!"

„NIEMALS!", widersprach Frigel theatralisch und erhob beherzt sein Holzschwert. „Wir lassen den Mut nicht sinken, niemals! Auf zum Angriff, Gefährten! Wir kämpfen bis zum Tod!"

„Auf zum Angriff!", bekräftigte Jenna mit neuem Mut.

Und die zwei Kinder, beide erst zehn Jahre alt, folgten ihrem tapferen Herzen und stürzten sich mit erhobenen Waffen in den Kampf gegen die unsägliche Kreatur – die kein anderer war als Fluffy. Frigels reizender, kleiner, weißer Hund übernahm beim Spiel mit seinem jungen Herrchen gern die Rolle des Bösewichts.

„Du musst gefährlicher wirken, Fluffy, wilder", flüsterte Frigel seinem Hund zu, nachdem er mit dem Schwert einige Male ins Leere geschlagen hatte.

Obwohl Fluffys Knurren nur wenig überzeugend war, hatten Jenna und Frigel viel Spaß an dem vorgetäuschten Gefecht. Nicht weit entfernt saßen Erik und Ophelia auf dem niedrigen Ast einer großen Eiche und verfolgten das Spektakel mit einem etwas spöttischen Feixen. Sie fühlten sich den Kleinen und ihren Spielen überlegen, war Erik doch schon dreizehn und Ophelia elf Jahre alt …

Ophelia, mit ihrer schmalen Brille die Denkerin der Gruppe, nahm Frigels Ankündigung sichtlich amüsiert auf:

„Ihr kämpft bis zum Tod? Wirklich?"

Frigel unterbrach den heldenhaften Kampf, um sich seiner besten Freundin zuzuwenden.

„Wie bitte?"

„Du hast gesagt: ‚Wir kämpfen bis zum Tod'", wiederholte Ophelia. „Ich persönlich würde kurz vorher aufhören."

Erik lachte lauthals, bevor er einwandte:

„Wir kämpfen *fast* bis zum Tod! Aber nicht ganz! Du musst zugeben, Ophelia, das klingt als Schlachtruf deutlich schlechter."

„Es ist aber deutlich klüger", entgegnete Ophelia. „Das Ziel ist doch nicht, zu sterben, oder?"

„Nein, zu gewinnen", meinte Frigel.

„Ganz genau. Und wenn du stirbst, hast du die Partie verloren. Folglich", Ophelia rückte ihre Brille zurecht, bevor sie fortfuhr, „ist es kaum nützlich, mutig zu sein, wenn der Mut zu nichts führt, weil du unterlegen bist. Da nimmst du besser die Beine in die Hand, versteckst dich und wartest, bis dir eine bessere Idee kommt."

Erik machte eine verächtliche Geste.

„Das ist etwas für feige Menschen. Geschichte schreibst du auf diese Weise nicht."

Gekränkt warf Ophelia ihm einen bösen Blick zu.

„Es sind nicht die mutigsten Menschen, die überleben und Dörfer gründen. Es sind die klügsten!"

„Ich werde niemals vor einem Kampf kneifen!", erklärte Frigel, der vor Erik nicht feige wirken wollte, denn noch immer betrachtete er ihn ein wenig als Rivalen.

„Du hast noch weniger Verstand als eine Pilzkuh", erwiderte Ophelia beleidigt.

Jenna, die Streit nicht leiden konnte, ergriff das Wort, um das Thema zu wechseln.

„Also, spielen wir jetzt oder nicht?!", warf sie ein. „Erik, du bist dran, das Monster zu mimen! Frigel und ich, wir lauern im Hinterhalt."

Erik, der seiner kleinen Schwester nichts abschlagen konnte, sprang von seinem Ast herunter.

„Ich bin nicht EIN Monster", raunte er, während er auf Jenna zuging, um sich dann auf sie zu werfen und zu schreien: „Ich bin eine HORDE VON MONSTERN."

Begeistert stieß Jenna einen spitzen Schrei aus und tat so, als würde sie fliehen. Frigel erhob sein Schwert und stürzte sich wieder in die scheinbare Schlacht. Ophelia begann höher in die Äste hinaufzuklettern.

„Ich decke euch mit meinem Bogen von dort oben", kündigte sie an. „Diese Horden von Zombies, die werde ich schon …"

Sie stockte. Schwere Schritte hallten im Wald.

Kapitel 2

Die Kinder erstarrten. Der Nachmittag war fortgeschritten, aber die Sonne strahlte noch. Die meisten gefährlichen Kreaturen erschienen erst nach dem Einbruch der Dunkelheit, und dennoch ... Die Schritte wurden lauter. Frigel umklammerte den Griff seines Holzschwerts und spürte, wie Erik und Jenna sich neben ihm anspannten.

„Die Welt ist ein gefährlicher Ort, Frigel", warnte ihn sein Großvater Ernald häufig. „Und manchmal sind die Menschen selbst die größte Bedrohung."

Frigel war froh, dass Ophelia, von den Blättern verborgen, mit Pfeil und Bogen auf dem Baum saß.

Ein weiterer Schritt – und eine Frau trat aus dem Unterholz: in den Sechzigern, groß und stark, das Gesicht zerfurcht, ärmlich gekleidet, aber mit schweren Lederschuhen an den Füßen und einem Eisenschwert an der Hüfte. Fluffy bellte unentschlossen, als wüsste er nicht, ob die Frau Freund oder Feind war.

„Hallo! Guten Tag!", sagte die Frau und blieb mit Bedacht stehen, ohne einen weiteren Schritt zu tun, als sie sah, dass sie es mit Kindern zu tun hatte.

„Guten Tag", erwiderte Frigel höflich.

„Tag", sagte Erik merklich kühler.

Die Reisende musterte die Kinder eines nach dem anderen, ohne jedoch Ophelia zu entdecken. Frigel achtete darauf, die Anwesenheit seiner Freundin nicht durch einen Blick nach oben zu verraten.

„Seid ihr aus der Gegend, Kinder?", fragte die Unbekannte. „Vermutlich gibt es ein Dorf in der Nähe?!"

„Das ist richtig", antwortete Frigel. „Das Dorf Lanniel, es liegt eineinhalb Kilometer in die Richtung dort."

„Unsere Eltern werden uns bald abholen", log Jenna, um den Eindruck zu vermitteln, dass sie nicht ohne Schutz und die Erwachsenen nicht weit waren.

„Um so besser. Um so besser", meinte die Frau mit einem leicht ironischen Unterton. „Und gibt es eine Herberge in Lanniel?"

„Ja, den ‚Munteren Zombie', er gehört Martha der Milden", antwortete Frigel.

„Gut, dann werde ich beim ‚Munteren Zombie' vorbeischauen und die charmante Martha kennenlernen", verkündete die Frau. „Ich danke euch für eure Auskünfte, Kinder."

Eine etwas unheimliche Stille breitete sich aus. Fluffy bellte einmal kurz, als wollte er der Frau mitteilen, dass auch er zum Schutz der Kinder da war. Die Fremde schaute zu dem Hund hinüber und ließ ihren Blick auf ihm verweilen.

„Wem gehört die Töle?", fragte sie.

„Mir", antwortete Frigel ärgerlich.

Fluffy war keine „Töle". Er war ein schöner Hund und sein bester Freund.

„Sein Fell ist sehr hell und er hat einen kaum sichtbaren rotbraunen Fleck am linken Hinterbein", stellte die Reisende fest, während sie den Hund mit gerunzelter Stirn musterte.

Frigel zog die Brauen hoch.

„Tatsächlich ..."

„Ich habe eine Hündin mit ebensolch einem Fleck gesehen, das ist jetzt wie viele ... zwei Tage her", berichtete die Frau nachdenklich. „Sie war hochträchtig. Ja, genau dieser rautenförmige Fleck. Die arme Hündin war verletzt, hatte eine große, blutige Bisswunde an der Flanke. Sie war in gar keinem guten Zustand."

Frigel, zu überrascht, um zu antworten, machte große Augen.

„Nun gut, euch einen schönen Nachmittag, Kinder", wünschte die Frau.

Sie ging davon. Dann drehte sie sich nach einem kurzen Zögern noch einmal um.

„Wisst ihr, im Wald ist es gefährlich zurzeit! Besonders für Kinder, die sich allein dort aufhalten, so wie ihr ... Habt ihr schon von dem ‚Waldanwesen der schwarzen Rose' gehört?", fügte sie mit gerunzelten Brauen hinzu. „Mir wurde zugetragen, dass sich die Bruderschaft in der Region niedergelassen hat."

„Hm, nein", antwortete Frigel nach kurzem Überlegen.

Auch seine Freunde schüttelten den Kopf.

„Eine Bruderschaft?", fragte Jenna nach.

„Oh ... tut so, als hätte ich nichts gesagt", meinte die Frau nach einer Pause. „Vielleicht täusche ich mich ja. Ich hoffe es. Besonders für euch", fügte sie mit einem vielsagenden Grinsen an. „Diese ... wir sehen uns bald wieder!"

* *

Sie entfernte sich mit ihren schweren Schritten. Fluffy sah Frigel an und ließ ein besorgtes Bellen hören. Dann begann der Hund scheinbar ziellos über die Lichtung zu laufen, als würde er etwas suchen oder wäre nervös.

„Was soll das heißen: ‚Sie war hochträchtig'?", fragte Jenna.

„Sie wird bald Welpen zur Welt bringen", erklärte Ophelia. „Bei Tieren benuzt man nicht das Wort schwanger, sondern trächtig."

„Zum Gebären von Welpen sagt man auch Werfen", wusste Erik. „Frigel, fragst du dich, ob diese Hündin seine Mutter ist? Fluffys Mutter?"

„Dann könnte Fluffy Brüder und Schwestern haben", führte Jenna den Gedanken fort.

„Wir können diese Hündin nicht allein im Wald sterben lassen", begann Frigel.

Doch Ophelia, die sich gerade von ihrem Baum heruntergehangelt hatte, unterbrach ihn sogleich.

„Du wirst doch keine Dummheiten machen, Frigel?", wollte sie wissen. Nach dem Streit um die Bedeutung von Mut war sie immer noch schlecht gelaunt. „Sich jetzt ganz allein in den Wäldern auf die Suche nach der Hündin zu machen, um deinen Mut unter Beweis zu stellen … das wäre verrückt! Ich … ich verbiete es dir!", verkündete sie streng.

Frigel wehrte sich verärgert.

„Ich bin nicht mutig, sondern besorgt. Und außerdem: Seit wann erteilst du mir eigentlich Befehle?"

Ophelia wandte sich ab, ohne zu antworten. Sie war unzufrieden. Jenna betrachtete ihre Freunde und dann den Himmel, der bereits dunkler wurde.

„Es ist schon spät", meinte sie. „Lasst uns ins Dorf zurückkehren."

Auf dem Weg zurück nach Lanniel brütete und brummte jedes der vier Kinder allein vor sich hin.

KAPITEL 3

Frigels Ärger verflog rasch, er konnte Ophelia nicht lange böse sein. Seit Kleinkindertagen waren sie befreundet und Ophelia verteidigte ihn seit jeher gegenüber den anderen Kindern, die ihn als „Fremden" wahrnahmen, ihn deshalb nicht anerkannten und schlecht behandelten. Ophelia hatte immer unerschütterlich zu ihm gestanden und Frigel konnte sich ein Leben ohne seine beste Freundin nicht vorstellen. Als die vier Gefährten das Gittertor, den Eingang ins Dorf

Lanniel, fast erreicht hatten, ließ Frigel Erik und Jenna vorbeigehen und hielt Ophelia auf.

„Es tut mir leid", begann er sogleich. „Niemals hätte ich in diesem Ton mit dir reden dürfen."

„Ich doch auch nicht, Frigel!", Ophelia warf sich ihm in die Arme. „Wir haben uns wie kleine Kinder verhalten, beide."

Frigel konnte ein Lachen nicht unterdrücken: Eine Stunde hatte der Streit gedauert und in drei Sekunden war alles vergessen. Er löste sich von ihr und gestand:

„Ich weiß nicht einmal, warum wir uns übereinander geärgert haben! Die Stimmung ist seltsam, seit Erik und Jenna mit zu unserer Gruppe gehören."

Tatsächlich war die Gemeinschaft der vier Kinder noch nicht gefestigt. Erik hatte Frigel und Ophelia lange Zeit nicht ausstehen können, während Jenna, Eriks kleine Schwester, sich immer bemüht hatte, die beiden Parteien auszusöhnen. Zwar war es ihr gelungen, doch war ihr Beitrag dazu unfreiwillig gewesen: Sie hatte in einer von Monstern bevölkerten Mine festgesessen, und um sie zu retten, hatten Erik, Frigel und Ophelia zusammenhalten müssen.[1]

---

1. Siehe „Frigel und Fluffy, Die Jagd nach dem Schatz".

Jennas Rettung hatte die vier Kinder einander so nahe gebracht, dass sie beschlossen, Freunde zu werden. Doch die Spannungen waren noch nicht ganz verflogen.

„Vielleicht sollten wir sie nicht mehr treffen", schlug Frigel zögerlich vor.

Der Junge war selbst nicht von seiner Idee überzeugt. Erik nervte, war ein Angeber, aber er hatte Mut, und Jenna … Nun, Frigel schätzte Jenna sehr, er fand sie nett, sie war lustig und sehr hübsch. So war er erleichtert, als Ophelia erwiderte:

„Auf keinen Fall! Klar zanken wir uns manchmal, doch das wird sich mit der Zeit geben. Die Gesellschaft von Erik würde mir fehlen. Ähm … die von Jenna natürlich auch", fügte sie hastig hinzu.

„Du hast recht", stimmte Frigel fröhlich zu. „Wir sollten unsere Gruppe nicht wegen einer solchen Kleinigkeit auflösen."

Er wollte gerade durch das Gittertor gehen, als Ophelia ihn nun ihrerseits aufhielt.

„Trotz allem, Frigel, unsere Diskussion hatte einen wahren Kern", nahm sie ihr Gespräch mit ernster Miene wieder auf. „Natürlich kann ich dir keine Befehle erteilen. Doch du neigst dazu, dich direkt ins Abenteuer zu stürzen, ohne die Risiken abzuwägen. Erik hat unrecht, Klugheit ist mehr wert als blinder Mut, und das weißt du. Also, die Hündin, Fluffys Mutter, wenn sie es denn ist ... Du wirst nachdenken, bevor du handelst, okay?!"

Frigel zögerte. Als er gerade antworten wollte, schallte die Stimme von Xander herüber. Ophelias großer Bruder hielt Wache auf dem Turm von Lanniel und rief ihnen mit liebevollem Unterton zu:

„Hey, ihr Trottel! Kommt jetzt mal rein! Die Sonne geht unter. Oder wollt ihr den Monstern als Mahlzeit dienen?"

„Wir kommen, Bruderherz!", antwortete Ophelia fröhlich.

Die beiden Freunde unterbrachen ihre Unterhaltung, um sich in die Sicherheit des Dorfes zu begeben.

Kapitel 4

Im Dorf fanden sie die Bevölkerung in Aufruhr vor.

Sechs Silbergarden hatten sich in der Mitte des Platzes der Fontäne aufgestellt. Sechs Wachen des Königs in ihren silbern funkelnden Uniformen, mit strengem Ausdruck, grimmigem Gesicht. Sie schienen die Bewohner zu beobachten. Die Gegenwart der Wachen bereitete Frigel Unwohlsein. Der Bürgermeister von Lanniel befand sich im Gespräch mit ihrem Hauptmann.

„Was geht hier vor?“, wandte sich Ophelia flüsternd an Mirka, ein anderes Mädchen aus dem Dorf.

„Eine Jagd“, antwortete Mirka ebenso leise. „Die Silbergarden werden alle befragen. Kinder aus Burg Spinnar, die auf dem Weg nach Menruruna waren, sind verschwunden.“

„Burg Spinnar?“, Jenna war entsetzt. „Ich habe eine Freundin dort! Sie heißt Thia und ist zehn Jahre alt. Ist sie auch unter den Verschwundenen?“

Mirka schüttelte den Kopf.

„Das weiß ich nicht, Jenna, leider."

„Die Silbergarden suchen einen Großverbrecher, der sich im Wald versteckt halten soll – oder in einer Höhle", ergänzte ein Junge mit leiser Stimme. „Ein Magier vielleicht."

Frigel zuckte mit den Schultern und erklärte:

„Also, ich glaube nicht an Magie."

„Die Alten des Dorfes sind nicht deiner Meinung", sagte der Junge in verächtlichem Ton.

Wie die meisten Kinder aus Lanniel mochte er Frigel nicht. Letzterer zuckte nur mit den Schultern, ohne etwas zu erwidern.

„Was machen sie mit den Verbrechern und den Magiern, wenn sie sie finden?", wollte Jenna wissen.

„Sie werfen sie ins Gefängnis", antwortete Ophelia bedrückt. „Zumindest behaupten sie das. Ich habe gehört, dass auch Schlimmeres passiert."

Erik runzelte die Brauen.

„Und die Frau, die wir gerade im Wald getroffen haben? Vielleicht sollten wir von ihr berichten."

„Was?!", schrie Jenna auf. Mit gesenkter Stimme fuhr sie fort: „Erik! Wir werden doch niemanden an die Silbergarden verraten!"

Erik starrte seine Schwester entgeistert an.

„Was erzählst du denn da?! Und wenn es eine Zauberin ist? Nun mach aber mal einen Punkt, Jenna! Unser Onkel ist bei den Silbergarden. Vertraust du ihm nicht?"

„Nicht alle Magier müssen böse sein", widersprach das Mädchen leise.

Doch Frigel hörte das nicht mehr, denn Hermeline, die Nachbarin, bei der er während der Abwesenheit seines Großvaters wohnte, machte sich aus der Menge bemerkbar.

„Frigel! Es ist Zeit, zum Essen nach Hause zu gehen."

Der Junge verabschiedete sich von seinen Freunden und Fluffy ließ ein höfliches Bellen hören. Die beiden machten sich auf die Socken, nicht zuletzt mit der Hoffnung auf ein leckeres Abendessen bei ihrer alten Freundin.

Kapitel 5

Normalerweise lebte Frigel bei seinem Großvater Ernald, der jedoch oft auf Reisen war. In seiner Abwesenheit vertraute Ernald seinen Enkel immer seiner älteren und warmherzigen Nachbarin Hermeline an. Diese mochte Frigel sehr, schimpfte geradeheraus mit ihm, wenn er es verdient hatte, und bereitete ihm köstliche Mahlzeiten zu.

„Lecker! Danke, Hermeline“, sagte Frigel, während er mit gewohntem Appetit das Straußenfrikassee und ein großes Stück Apfel-Karamell-Kuchen verputzte.

Er hielt Fluffy ein Stück Fleisch hin, doch das dankbare Schwanzwedeln fiel etwas traurig aus. Hermeline runzelte die Stirn.

„Fluffy kommt mir merkwürdig vor heute Abend. Und du auch, Frigel. Trotz deines Appetits wirkst du besorgt."

Der Junge schluckte den letzten Bissen Kuchen herunter, bevor er erzählte:

„Wir haben die Mutter von Fluffy gefunden. Das heißt, nicht wirklich gefunden ..."

Er berichtete von der Begegnung im Wald und Hermeline begutachtete den Fleck innen an Fluffys Hinterbein.

„Stimmt, das ist ein sehr auffälliger Fleck", meinte sie. „Aber dennoch ... Frigel, du steigerst dich leicht in etwas hinein. Nichts beweist, dass die arme Hündin mit unserem Fluffy verwandt ist."

Fluffy, der dem Gespräch zu folgen schien, ließ ein unzufriedenes Bellen hören und Frigel übersetzte:

„Aber wenn sie es doch ist, Hermeline? Wir können sie nicht im Stich lassen."

Die alte Dame seufzte.

„Ich erwarte von dir, dass du vorsichtig bist, mein Junge. Dein Großvater würde es nicht verkraften, wenn dir etwas geschieht, was auch immer. Und vergiss nicht: Deine Pflichten als Dorfbewohner gehen vor. Morgen Vormittag hilfst du auf dem Feld."

Frigel nickte zustimmend, doch seine innere Unruhe wollte nicht weichen. In dieser Nacht durchlebte der Junge intensive Träume. Er sah eine arme ausgehungerte Hündin mit drei winzigen Welpen. Sie war umstellt von Zombies und versuchte verzweifelt, ihre Kleinen zu schützen.

Als der Junge wach wurde, hörte er, dass auch Fluffy im Schlaf stöhnte.

„Wir werden sie finden, mein Hund", flüsterte Frigel. „Das verspreche ich dir."

Kapitel 6

Am nächsten Tag musste Frigel wohl oder übel seine Pflicht erfüllen und im Rübenfeld helfen. Die Stunden wurden ihm unendlich lang. Kaum hatte er seine Arbeit mittags beendet, lief er auch schon zur Herberge, um die Reisende aus dem Wald zu treffen.

Die Frau war tatsächlich dort, sie saß an einem Tisch im Gemeinschaftsraum vor einem Blockglas Apfelwein und Stapeln von Dokumenten, und zwar unter den Augen der Silbergarden. Moran, der Onkel von Erik und

Jenna, war einer von ihnen und in seiner silberfarbenen Uniform von beeindruckender Gestalt. Er kam heran.

„Guten Tag, Frigel", sagte er freundlich.

Dann wandte er sich an die Reisende und fragte zu Frigels großem Erstaunen nach einer Karte, die sie ihm zum Preis von vier Smaragden zum Kauf anbot.

„Das ist teuer und wir haben Ihnen bereits drei Karten abgekauft", wandte Moran ein. „Es ist auch in Ihrem Interesse, im Interesse aller, dass wir das Waldanwesen der schwarzen Rose finden. Möchten Sie der Justiz nicht helfen?"

„Doch. Für vier Smaragde", entgegnete die Reisende trocken.

Murrend zahlte Moran den Preis und entfernte sich. Frigel ließ sich auf den Sitz gegenüber der Unbekannten fallen.

„Ich verstehe. Sie sind eine Kartografin!", rief er aus.

Die Reisende musterte ihn.

„Und du, du bist eines der Kinder von gestern – mit der Töle, im Wald. Ja, ich war die offizielle Kartografin von Salmyre, im Westen von Kinzhir. Die beste Kartografin, und das bei Weitem. Aber … sagen wir mal, ich hatte etwas Ärger und bin dort nicht mehr gern gesehen. Das trifft sich gut, denn am liebsten reise ich.

Du möchtest vermutlich mehr über die Hündin wissen, von der ich dir erzählt habe?", fügte die Frau hinzu, ohne auch nur einmal ihr eisiges Lächeln abzusetzen. „Ich erkläre dir gern, wo ich sie gesehen habe."

„Oh, danke!", freute sich Frigel.

Doch die Frau unterbrach ihn:

„Für einen Smaragd."

„Ein Smaragd!"

Smaragde besaß Frigel nicht. Seinen Großvater konnte er nicht darum bitten, war dieser doch unterwegs. Bei Hermeline, die ihn bereits unentgeltlich verköstigte, konnte er sich wohl kaum auch noch einen kostbaren Stein leihen.

„Ich habe nichts, mit dem ich bezahlen könnte", gestand er.

Die Frau dachte einen Moment nach.

„Also gut. Dann sieh zu, dass du einen Handel mit der Besitzerin der Herberge ausmachen kannst – mit Martha der Milden, wie ihr sie sicher nicht ohne Ironie getauft habt. Drei Nächte in ihrer elendigen Behausung sollen umsonst für mich sein."

Frigel hatte keine Wahl. Die Verhandlungen mit Martha waren zäh, doch am Ende ließ sie sich auf einen Tauschhandel ein: Für drei Übernachtungen ohne

Bezahlung musste Frigel drei Tage abwaschen, wobei seine Pflicht noch am selben Abend beginnen sollte. Nachdem alles abgemacht war, kehrte der Junge zur Kartografin zurück. Diese nahm zunächst einen großen Schluck Apfelwein, ganz so, als würde sie den Jungen bewusst schmoren lassen.

„Ich habe die Hündin nördlich der drei Gipfel gesehen", erklärte sie schließlich, „einige Kilometer vom Dorf Sfia entfernt, nahe dem gepflasterten Weg, der Straße zum alten Markt. Das Tier lag am Fuße eines Wäldchens unter einer großen Eiche."

Fluffy bellte ärgerlich und Frigel protestierte.

„Eichen und Wäldchen gibt es überall. Wenn Sie wirklich die beste Kartografin westlich von Kinzhir sind, können Sie die Stelle mit Sicherheit besser beschreiben."

Das hatte gesessen. Die Reisende gab ihm gleich eine ganze Reihe zusätzlicher Hinweise. Zuletzt fügte sie noch hinzu:

„Auf der linken Seite steht kurz vor der besagten Eiche, nicht mal einen halben Kilometer entfernt, eine Art farbige Statue."

„Eine Statue?"

„Es ist … also, ich weiß es nicht", meinte sie. „Wenn du bis dahin kommst, sagst du mir, was sie darstellt, in

Ordnung?! Aber jetzt musst du gehen. Du bist ein netter Junge, doch ich muss noch ein paar Golems Beine machen. Und danke für das kostenlose Zimmer."

Frigel verabschiedete sich höflich und ging.

Es war gerade erst zwei Uhr und die Sonne strahlte am Himmel. Irgendwo da draußen im Wald musste eine Hündin leiden und sie würde bald „werfen", wie Erik es ausgedrückt hatte. Fluffy knurrte, als könnte er Frigels Gedanken lesen. Plötzlich überkam den Jungen ein starkes Gefühl der Dringlichkeit. Jede Stunde, die ins Land ging, vergrößerte für die Hündin und ihre Welpen das Risiko, angegriffen oder gar getötet zu werden.

„Machen wir uns auf, Fluffy?!", sagte er. „Sofort?!"

Fluffy antwortete mit einem entschlossenen Bellen.

Es war nicht sehr vernünftig, so unvorbereitet loszuziehen, doch der Albtraum der letzten Nacht spukte noch in Frigels Kopf herum. „Es gibt nicht eine Minute zu verlieren", dachte er, während er dem Dorfausgang zustrebte. „Ophelia wäre mit so einer übereilten Entscheidung niemals einverstanden – sei's drum."

Fluffy bellte erneut und Frigel ließ das Tor von Lanniel hinter sich, ohne Waffe, ohne Ausrüstung und ohne jemandem Bescheid zu geben. Mit großen Schritten eilte er dem Wald entgegen.

KAPITEL 7

Sobald er im Wald war, begann Frigel zu laufen, Fluffy immer an seiner Seite.

Eine Wegstunde bis zum Dorf Sfia, eine weitere für den Rückweg. Und es wurde früh dunkel zu dieser Jahreszeit. Der Junge bereute seine Unüberlegtheit schon, er war allein seinem ersten Impuls gefolgt. Zumindest hätte er Hermeline sein Vorhaben gestehen sollen. Wenn ihm nun etwas passierte? Niemand würde wissen, wo man nach ihm suchen sollte.

Zu spät. Frigel wurde schneller, angespornt von dem nervösen Kläffen seines Hundes. Gemäß den Angaben der Kartografin wandten sich die beiden Freunde rasch in Richtung der drei Gipfel, wo sie auf die Straße zum alten Markt trafen.

Dieser Weg aus urtümlichen Steinen, vor Jahrhunderten von Menschen gepflastert, wirkte beruhigend auf Frigel, der sich noch nie so weit vom Dorf entfernt hatte. Doch nach etwa einer Stunde mussten sie die befestigte Straße verlassen und sich in die Tiefen des Waldes begeben.

Sie kamen an der Statue vorbei, die die Kartografin erwähnt hatte. Umgeben von hohen Bäumen stand das Monument auf einer Lichtung und war tatsächlich merkwürdig. Das gigantische und sehr bunte Gebilde aus Blöcken erinnerte vage an eine menschliche Gestalt – mit Armen oder waren es Ausstülpungen? Das Werk schien keinen praktischen Nutzen zu haben, doch seine Ausstrahlung war nicht unangenehm, im Gegenteil. Die Farben waren fröhlich und wirkten tröstlich.

Doch darum war Frigel ja nicht hergekommen.

Er schaute sich um. Wie sollte er die Hündin jetzt finden? Sollte er rufen? Aber welchen Namen? Fluffy schnüffelte überall herum, durchkämmte Gebüsch und

Gehölz. Urplötzlich begann er kraftvoll zu kläffen und lief los. Frigel folgte ihm mit klopfendem Herzen. In der Nähe eines großen Baumstamms blieb der Hund stehen.

Frigel schaute sich um.

Nichts.

Erneutes Bellen. Fluffy rannte wieder los – wie ein Jäger, der eine Beute verfolgt. Er machte Halt vor einem anderen Baum.

Nichts.

„Was riechst du, mein Hund?", fragte Frigel.

Doch Fluffy konnte sich nicht mit Worten erklären. Er betrachtete den Boden unter der großen Eiche, an der er stehen geblieben war, und stieß ein langes Heulen aus.

„Sind sie hier gewesen? Ist die Hündin hier gewesen? Und nun ist sie nicht mehr da? Ist es das, was du sagen willst?"

Fluffy ließ ein trauriges Heulen hören. Die Zeit verging, sie suchten weiter, ohne Erfolg. Die Sonne stand schon tief, Frigel schauderte es. Sie mussten heimkehren, unverrichteter Dinge, was für eine Enttäuschung! Der Junge stieg auf den niedrigsten Ast eines Baumes und hangelte sich dann von Eiche zu Eiche, um schließlich den Baum mit dem höchsten Wipfel zu erklimmen. Von dort hatte er einen Panoramablick.

Fasziniert schaute er sich um.

Noch nie hatte er so weit sehen können. Die Welt sah riesig, geradezu unendlich aus und war von unnahbarer, beunruhigender Schönheit. Im Süden funkelte das Meer, im Osten zeichneten sich die Silhouetten der Hochplateaus von Oman ab, weiter hinten war nur noch schemenhaft der Umriss eines hohen Berges auszumachen. Ein Vulkan? Bestimmt! Für einen Moment vergass Frigel alles andere – das Dorf, seinen Großvater, seine Freunde. Er könnte von diesem Baum herunterklettern, losmarschieren, immer geradeaus, und nie zurückkehren. Eine Reise. Ein Abenteuer. Welche Schrecken, welche Wunder würden ihn wohl erwarten? Sein Geist schweifte ab und erst das Bellen von Fluffy, der voller Ungeduld unten wartete, brachte ihn wieder in die Wirklichkeit zurück.

„Einen Augenblick! Ich komme!“, antwortete er.

Frigel schaute sich erneut um und konzentrierte sich dieses Mal auf die nähere Umgebung. Nur etwas weiter nördlich wurde der Wald dichter und dunkler. Das Blätterdach der Bäume war so geschlossen, dass man kaum hindurchschauen konnte.

„Der dichte Wald, die Schwarz-Eichen ...", davon erzählten die Alten. Frigel hatte solche Gespräche im Dorf mitbekommen. Das Laub in dieser Zone war so dicht, wusste der alte Marali zu berichten, dass immer Nacht herrschte und die Monster jederzeit auftauchen konnten.

Und wenn die Monster den Wald verlassen und die Hündin geholt hatten? Oder diese sich versehentlich dorthin gewagt hatte?

Frigel kletterte herunter und zögerte, er musterte Fluffy, der furchtbar unglücklich aussah. Doch in den dunklen dichten Wald zu gehen, das war selbst tagsüber heller Wahnsinn.

„Komm, mein Hund", sagte Frigel. „Wir werfen nur vom Rand aus einen Blick hinein. Dann gehen wir nach Hause."

Sie überquerten den Weg und betraten den Wald, um sich der finsteren Zone zu nähern. Schon hier schienen die Bäume dicker und die Blätter dunkler zu sein. Das Sonnenlicht fiel nur gerade so noch herein. Frigel zögerte abermals.

„Fluffy, ich glaube, wir sollten die Suche abbrechen." Fluffy erstarrte zu Stein. Dann bellte er herzzerreißend und lief geradewegs in den dichten Wald hinein.

Kapitel 8

„Nein, Fluffy!", schrie Frigel. „Komm zurück!"

Fluffy wollte nicht hören und Frigel machte sich daran, ihm hinterherzujagen.

„Fluffy!"

Sie rannten schon eine gute Minute lang und Frigel konnte bei der Verfolgung seines Gefährten nur wenig Boden gut machen. Fluffy war ein schneller Hund! Besorgt wie er war, begab sich der Junge nun doch in die finstere Zone. Hier herrschte eine bedrückende

Stimmung, die Frigel in seinem Entschluss bestärkte: Es stand außer Frage, sich länger an diesem schrecklichen Ort aufzuhalten. Er nahm all seine Kräfte zusammen, preschte nach vorn, warf sich auf Fluffy und hielt ihn fest.

Er erhob sich mit seinem Hund auf dem Arm – und in diesem Moment starteten die Spinnen ihren Angriff.

Alle auf einmal kletterten sie die Baumstämme herab, es waren Dutzende, einer Ölpest gleich. Fluffy kläffte schrill und wand sich aus Frigels Armen. Wie vom Donner gerührt stand der Junge da. Dass hier jede Verteidigung zwecklos war, wurde ihm im Bruchteil einer Sekunde klar.

Er begann wie wild zu graben – ein Loch in den Boden, zwei Blöcke tief, einen Block breit, also gerade groß genug für ihn. Im letzten Moment, die Spinnen stürzten sich schon auf ihn, warf Frigel sich völlig außer Atem in den Hohlraum.

Die Monster waren nur ein winziges bisschen zu groß, um durch die Öffnung des Lochs zu passen.

Er war gerettet, jedenfalls für den Moment.

In Frigels Leben war dies eine ganz besonders unangenehme Erfahrung. Er saß im Erdboden fest, in einem Hohlraum von zwei mal einem Block, darüber die Monster. Zwar konnten die Spinnen nicht in das

Loch, doch fühlten sie die Nähe der Beute und liefen wie wild über ihm hin und her. Dabei fixierten sie den Jungen mit ihren roten, gierigen Augen. Frigel rief nach Fluffy und meinte ein resolutes Bellen zu vernehmen, allerdings von weit her. Umso besser. Wenigstens hatte sein Hund sich nicht von den Spinnen erwischen lassen und blieb klugerweise außer Reichweite.

„Fluffy! Hol Hilfe!"

Keine Antwort. Ob Fluffy ihn gehört hatte, wusste er nicht. Und: Wen sollte der Hund schon holen? Nein, Frigel musste seinen Kopf selbst aus der Schlinge ziehen oder vielmehr heile aus dem miesen Loch heraustragen.

Wenn er jetzt hinaufstieg, würde er als Leckerbissen für Spinnen enden. Frigel begann wieder zu graben, wobei er darauf achtete, keinesfalls die Öffnung zu vergrößern. Er warf einen Blick nach oben: Die Spinnen liefen immer noch unruhig über ihm herum. Vorsichtig höhlte er seitlich einen Tunnel in Richtung Waldrand aus, und zwar in zwei Blöcken Tiefe.

Wenn es ihm gelänge, in einem normalen Wald mit dem entsprechenden Lichteinfall herauszukommen, könnten ihm die Spinnen nicht folgen und er wäre gerettet. Doch da Frigel vorhin ganz auf das Einfangen seines Hundes konzentriert gewesen war, hatte er von der Umgebung wenig wahrgenommen. Grub er in die richtige Richtung? Die Orientierung fiel ihm schwer.

Er trieb den Tunnel gut vierzig Blöcke unter der Erde voran, bevor er außer Atem innehielt. Wenn er doch wenigstens seine diamantene Spitzhacke dabeihätte! Aber wie ein Idiot hatte er sie mit der restlichen Ausrüstung bei Hermeline gelassen. Er verfluchte seine Impulsivität und bereitete sich zum Ausstieg vor. Wenn er sich nicht vertan hatte, war er nun außerhalb des dichten Waldes. Er atmete tief ein, arbeitete sich nach oben, entfernte den Block, der ihn von der Oberfläche trennte …

Die Spinnen hatten ihn im Blick, starrten ihn an mit ihren Augen, die rot waren wie die Lava im Nether.

Er war immer noch im dichten Wald. Frigel begann wieder zu graben. Womöglich war er zu weit nach links abgekommen. Er versuchte, sich seinen Hinweg ins Gedächtnis zu rufen, während er arbeitete. Hier … jetzt war er richtig, ganz bestimmt. Eine neue Öffnung …

Die glühenden Augen der Spinnen.

Frigel merkte, wie Panik in ihm aufstieg. Er hatte das Gefühl zu ersticken. Seine Brust zog sich zusammen bei der grauenhaften Vorstellung, er würde weiter und weiter graben, und das nur, um am Ausgang immer und immer wieder in die Augen der Monster zu blicken, bis er vor

Erschöpfung sterben würde. Er dachte an das Medaillon von Haroch dem Mutigen[2], das in seiner Nachttischschublade auf ihn wartete. Ein Symbol des Muts.

Ein neuer Tunnel. Ein neuer Ausgang.

Die Spinnen, wieder.

Frigel wurde immer verzweifelter, zumal er inzwischen jedes Orientierungsgefühl verloren hatte. Mit klopfendem Herzen arbeitete er sich unterirdisch aufs Geratewohl vor. Ein neuer Tunnel. Ein neuer Ausgang.

Die Spinnen warteten schon. Angst überflutete ihn.

„Hilfe!", rief er mit bebender Stimme. „Hil..."

Ein merkwürdiges Geräusch erklang. Ein orangefarbenes Glühen, intensiv wie ein greller Blitz, machte ihn blind. Dann ein Luftzug, gefolgt von einer Art Knistern und einem scheußlichen Brandgeruch sowie dem Zischen der Spinnen im Todeskampf.

Frigel war starr vor Angst. Stille senkte sich nieder, einige Sekunden verstrichen.

Die Spinnen waren verschwunden.

Das Gesicht eines Mannes tauchte über dem Loch auf.

„Also, Junge", sagte der Unbekannte. „Kommst du nun da raus?!"

---

2. Siehe „Frigel und Fluffy, Die Jagd nach dem Schatz".

Kapitel 9

Völlig erschöpft kletterte Frigel aus dem Tunnel heraus und schaute sich um.

Er hatte sich nur um Haaresbreite vertan! Der dichte Wald endete in drei Blöcken Entfernung, so nah war er dem Ziel gewesen. Frigels Retter nickte ihm zu und gemeinsam verließen sie die gefährliche Zone. Sobald sie das Licht erreicht hatten und damit in Sicherheit waren, musterte Frigel seinen Wohltäter.

Es war der Mann in Grau.

Der geheimnisvolle Fremde, der in der Ghasthöhe eine Höhle erschaffen hatte. Den versteckten Eingang hatte Frigel zufällig entdeckt.[3] Der Fremde verbarg dort merkwürdige Brauständе und Tränke sowie winzige Blöcke in faszinierenden Farben. Er hatte versucht, Frigel mit Gewalt in seinem Refugium festzuhalten, doch der Junge war erschrocken geflohen.

„Haben Sie … haben Sie mich verfolgt?", fragte Frigel und bereute es erneut, nicht bewaffnet zu sein.

„Dich verfolgen?", erwiderte der Mann in Grau mit einem trockenen Lachen. „Nein, Frigel. Stell dir vor, ich habe andere Sorgen. Tut mir leid, dass ich dich enttäuschen muss, aber die Welt dreht sich nicht nur um dich."

„Und was tun Sie hier?"

„Ich könnte dir dieselbe Frage stellen, aber die Antwort interessiert mich nicht. Jedenfalls hast du eine nette Art, dich zu bedanken. Das nächste Mal überlasse ich dich deinen Spinnen."

„Ich … entschuldigen Sie", stotterte Frigel. „Ich bin noch etwas verwirrt. Vielen Dank, dass Sie mir das Leben gerettet haben! Ohne Sie wäre ich … Aber ich weiß nicht. Was ist eigentlich passiert?"

---

3. Siehe „Frigel und Fluffy, Die Jagd nach dem Schatz".

Er warf einen Blick in Richtung Tunnel: Drumherum verteilt lagen Dutzende pulverisierte Spinnenkadaver.

„Du willst wissen, was passiert ist?", meinte der Mann in herablassendem Ton. „Dein Hund kam an, bellte wie ein Geisteskranker, ich habe nachgeschaut, was los ist, und deinen Feinden den Garaus gemacht. Das ist passiert."

„Ähm ... aber wie?", beharrte Frigel. „Wie haben Sie die Spinnen getötet? Mit dem Schwert?"

„Sicher. Was denkst du denn?!"

Frigel war sprachlos. Tatsächlich befand sich im Rucksack des Mannes ein Schwert, aber ... Da war dieses Geräusch, das er gehört hatte, da waren der Brandgeruch, die Schreie der Spinnen, als würden sie alle gleichzeitig verenden ...

„Was deinen Hund betrifft", nahm der Mann das Gespräch in unfreundlichem Ton wieder auf, „er schien mir nicht zu vertrauen, denn er ist weitergelaufen. Ich nehme an, um einen Retter für dich zu suchen, der achtbarer ist als ich. Doch Tiere mag ich ohnehin nicht. Jetzt habe ich einen guten Rat für dich, mein Junge: Geh nach Hause!"

Das hatte Frigel eigentlich auch vor, doch der Mann in Grau brachte ihn mit seiner Art auf die Schwarz-

Eiche. Deshalb konnte er es sich nicht verkneifen, in herausforderndem Ton zu erwidern:

„Warum?"

„Zuallererst, weil es Abend wird, wie du vielleicht bemerkt hast. Aber auch, weil … nun ja, der Ort nicht sicher ist, auch tagsüber nicht. Sind dir die schwarzen Rosen aufgefallen, die in die Bäume geritzt sind?"

Frigel sah ihn erstaunt an. Als er vor einigen Wochen die Höhle des Mannes in Grau gefunden hatte, war ihm dort eine *rote* Rose aufgefallen. Er sprach sein Gegenüber darauf an, doch der Mann zuckte nur mit den Achseln, als hätte seine Rose keinerlei Bedeutung für ihn. In gewohnt verächtlichem Ton wiederholte er:

„Eine *schwarze* Rose", habe ich gesagt.

„Nein, die habe ich nicht gesehen", murmelte Frigel.

„Also, wenn du eine solche entdeckst, nimm die Beine in die Hand und lauf in die entgegengesetzte Richtung. Und warne deine Freunde, dass sie sich dem Ort nicht nähern sollen. Verstanden?"

Frigel war beunruhigt, ihm lief es kalt den Rücken runter und seine Gereiztheit löste sich auf. Sein Gesprächspartner war vielleicht nicht freundlich, aber der Rat schien ehrlich gemeint.

„Danke, das ist sehr großmütig von Ihnen, uns darüber zu informieren“, erwiderte er ein wenig förmlich. „Wir werden vorsichtig sein. Übrigens, ich habe auch einen wichtigen Hinweis für Sie.“

Der Mann runzelte die Brauen, er schien sich schon im Vorhinein daran zu stören, dass sich ein dahergelaufener Junge wie Frigel erdreistete, ihm einen Rat zu geben. Doch dieser fuhr unbeirrt fort:

„Die Silbergarden sind ins Dorf gekommen, die königlichen Wachen. Sie suchen, ähm, einen Großverbrecher, um ihn ins Gefängnis zu werfen. Sie haben von verschwundenen Kindern gesprochen, von einem Waldanwesen …“

Für einen Moment breitete sich eine unangenehme Stille aus.

„Du bezichtigst mich, Kinder entführt zu haben?“, sagte der Mann mit eisiger Stimme.

„Nein!“, war Frigels ehrliche Antwort. „Sonst hätten Sie mir nicht das Leben gerettet. Aber der Mann, den sie suchen, ist ein geheimnisumwobener Mensch, der im Wald lebt …“

„Und du glaubst, ich sei dieser Verbrecher, Frigel?“

„Ganz und gar nicht …“, stammelte der Junge, der immer verlegener wurde. „Nein …, ähm, ich erwähne die Anwesenheit der Silbergarden einfach so, um mit Ihnen zu erzählen … Nun ja, ein ganz normales Gespräch eben, zwischen zwei Fremden. Ich hätte genauso gut von dem hervorragenden Apfelwein in der Herberge oder unseren in der ganzen Region bekannten Straußen reden können …"

Frigel hielt inne, er kam sich lächerlich vor. Der Mann in Grau musterte ihn verächtlich.

„Ich verstehe", meinte er schließlich.

Wieder trat Stille ein, belastet von Drohungen, Andeutungen und Unterstellungen. Schließlich drehte sich der Mann nach einem kurzen Gruß um und verschwand zwischen den Bäumen.

Kapitel 10

Frigel blieb still stehen, um sich nach dem Wirrwarr an Gefühlen zu beruhigen. Diesen Moment wählte Fluffy für seine Rückkehr. Er kläffte freudig, als er sah, dass Frigel gesund und munter war, und sprang ihm in die Arme.

Tief bewegt umarmte der Junge seinen Hund.

„Fluffy", sagte er leise und kniete sich hin.

Der Hund jaulte voller Gefühl.

„Fluffy, es tut mir leid", fuhr Frigel fort. „Wir haben deine Mutter nicht gefunden. Du hast mir so viele Male geholfen, mir so oft das Leben gerettet. Und wenn du mich dann einmal brauchst, bin ich unfähig, dir einen Gefallen zu tun."

Zärtlich rieb der Hund seine Schnauze an Frigels Knie.

„Ich bin gänzlich ohne Nutzen für dich", führte er seine Gedanken weiter. „Du solltest dir einen neuen Freund suchen."

Fluffys „Wuff" klang schockiert.

„Du solltest ..."

Fluffy begann auf merkwürdige Art zu bellen, er schien etwas erklären zu wollen. Dann sprang er aus den Armen seines Herrchens und lief langsam auf den dichten Wald zu, während er sich umsah, ob der Junge ihm auch folgte.

„Oh nein!", protestierte Frigel. „Dahin kehren wir nicht zurück."

Fluffy ließ ein kurzes, beschwichtigendes „Wuff" hören, als hätte er verstanden, lief jedoch weiter. Er ging am Waldrand entlang, wobei er Frigel im Blick behielt. Der Junge folgte ihm auf den Fersen und stellte klar:

„Es ist schon furchtbar spät. Nur damit du Bescheid weißt, in zwei Minuten laufen wir zum Dorf zurück."

„Wuff", machte Fluffy. Es klang zustimmend.

An einer der ersten großen Schwarz-Eichen am Saum des dichten Waldes blieb der Hund stehen und sah zuerst auf die Wurzeln und dann zu Frigel, bevor er ein unglückliches Heulen hören ließ. Der Junge blieb ebenfalls stehen und untersuchte den Bereich.

Am Stamm klebte Blut.

„Sie war hier?", fragte der Junge erschüttert. „Deine Mutter? Bist du dir dieses Mal sicher?"

Fluffys Bellen klang zugleich zustimmend und tief betrübt.

„Deshalb bist du in den dichten Wald gerast? Weil ihre Spur hier beginnt und dann in die finstere Zone führt?"

Fluffy bestätigte das mit einem zornigen Bellen. Dann scharrte er auf dem Boden, als wollte er seinem jungen Herrchen etwas mitteilen. Frigel beugte sich vor.

„Das ist merkwürdig", murmelte er, während er zwischen den Gräsern herumsuchte. „Warum sollte sich die Hündin, verletzt wie sie war, in den dichten Wald hineinschleppen? Es sei denn, jemand hat sie dazu gezwungen oder sie entführt."

Frigel erstarrte. Zwischen dem Wurzelwerk lag ein silberner Anhänger mit einer schwarzen Rose darauf, den hier offensichtlich jemand verloren hatte.

KAPITEL 11

Die Sonne war schon fast untergegangen, als Frigel und Fluffy erschöpft und außer Atem durch das große Gittertor liefen, das den Ort Lanniel schützte. Zu ihrem großen Bedauern konnten sie Fluffys Mutter nicht sofort zu Hilfe eilen. Es war völlig ausgeschlossen, sich nachts in den dichten Wald zu wagen. Zuerst mussten sie etwas essen, schlafen und nachdenken.

Und einen RIESIGEN Berg Abwasch erledigen.

Die Herbergsmutter, Martha die Milde, hatte Frigels Versprechen nicht vergessen: drei kostenlose Übernachtungen für die Kartografin gegen drei Tage Abwaschen. Als Frigel die Küche betrat, wurde ihm fast übel: Weil sie wusste, dass dieser Abwasch für sie umsonst war, hatte Martha die Milde alle dreckigen Teller, Gläser, Töpfe, Pfannen und Schüsseln, die in ihrem Haus zu finden waren, ins Spülbecken verfrachtet.

Frigel machte sich gleich ans Werk, doch sobald Martha verschwunden war, betrachtete er all die Teller und Gefäße, die es zu scheuern galt, und murrte:

„Das sind Hunderte!"

Fluffy bellte ungläubig und machte sich, ausgehungert wie er war, freudig über die üppigen Reste des Ragouts her.

„Tausende!", beharrte Frigel, der sich noch nie vor Übertreibungen gescheut hatte.

Ein spöttelnder Unterton schlich sich in Fluffys Bellen.

„Millionen!", erhöhte Frigel, froh darum, dass es ihm gelang, seinen seit ihrer Rückkehr betrübten Hund abzulenken. „Es ist so, als wäre ich im Nether und mich würden statt Schweinezombies ganze Armeen von dreckigen Tellern angreifen."

Fluffy kläffte vergnügt und knurrte die Töpfe und Teller an, ganz so, als würden diese sich gleich auf seinen Freund stürzen und er müsse ihn beschützen.

„Es ist so, als wäre ich im Ende und nicht der Enderdrache würde mich attackieren, sondern ..."

„Oh, der Enderdrache, das ist ein Mythos", schnitt ihm eine weibliche Stimme von hinten das Wort ab. „Er existiert nicht."

Frigel drehte sich beglückt um.

„Ophelia!"

Das Mädchen kam herein, gefolgt von Erik und Jenna. Sie setzte sich auf die Kante des großen Serviertischs, wippte lässig mit den Beinen, betrachtete Frigel vor seinem großen Berg an Abwasch – und unternahm keinerlei Anstalten, ihm zu helfen.

„Wie habt ihr mich gefunden?", fragt Frigel und machte sich wieder daran, seinen Topf zu scheuern.

„Wir haben dich überall gesucht", erklärte Jenna.

„Genau, und zwar den ganzen Nachmittag lang", fügte Ophelia hinzu. Sie guckte misstrauisch. „Und wir haben uns gefragt, ob du nicht doch, gegen meinen Rat, ganz allein in den Wald gegangen bist, um …"

Frigel schlug zwei Teller aneinander, was Ophelias Redefluss zum Glück unterbrach. Nun ergriff Erik das Wort:

„Unser Onkel hat uns erzählt, dass er dich in der Herberge gesehen hat. Und der Kellner wusste, dass du in der Küche gewesen bist."

Erik warf einen Blick auf den Stapel Töpfe, der Frigel noch bevorstand. Er hob die Hand, als wolle er ihm helfen, wandte sich jedoch stattdessen zu den beiden Mädchen um.

„Du erzählst Unsinn, Ophelia! Natürlich gibt es den Enderdrachen. Das weiß doch alle Welt! Es gibt so viele Legenden, die …"

„Ja genau, *Legenden*", unterbrach ihn Ophelia, während Frigel sich mit einem Topf abmühte, der am Boden von Angebranntem ganz schwarz war. „Kennst du einen Menschen, der den Enderdrachen wirklich *gesehen* hat, Erik?"

Letzterer zählte Ophelia gekränkt all jene Reisenden auf, die, und da war er sicher, das Monster mit eigenen Augen gesehen hatten, während Ophelia seine Behauptungen eine nach der anderen bestritt. Jenna beobachtete die beiden belustigt.

„Die streiten sich die ganze Zeit, diese beiden da", flüsterte sie Frigel komplizenhaft zu.

Der Junge warf Jenna einen schüchternen Blick zu.

„Ja, während wir beide … wir verstehen uns doch ganz gut."

„Sehr gut", murmelte Jenna.

Sie war leicht errötet. Nach einer gewissen Stille fragte sie:

„Vermutlich möchtest du ein wenig Hilfe?"

„OH NEIN!", schaltete sich Ophelia ein und sprang vom Tisch.

Sie baute sich vor Frigel auf, die Hände in die Hüften gestemmt.

„Wir spülen nicht eine Gabel, nicht eine Pfanne, bevor dieser Heimlichtuer uns nicht alles erzählt hat. Warum warst du den ganzen Nachmittag fort? Und wie kommt es, dass du jetzt vor diesem Spülbecken stehst?"

Frigel zögerte. Fluffy bellte einmal kurz, es klang zustimmend, als würde er die Situation durchschauen und Frigel dazu ermutigen, sich seinen Freunden anzuvertrauen. So atmete der Junge einmal tief durch und schilderte dann alles: seinen überstürzten Aufbruch in den Wald, die Attacke unter den Schwarz-Eichen, seine Begegnung mit dem Mann in Grau und den Misserfolg bei der Suche nach der Hündin sowie die Entdeckung des Schmuckanhängers.

Ophelia war entsetzt von seinem Bericht.

„Ich habe dir gesagt, du sollst dort nicht allein hingehen", regte sie sich lautstark auf. „Frigel, du hättest sterben können!"

Der Junge nickte zustimmend.

„Du hast recht, Ophelia. Ich bin ganz spontan losgelaufen, bin einer unausgegorenen Idee meines Blockhirns gefolgt. Dabei hätte ich euch Bescheid geben sollen, hätte die Expedition vorher planen und gute Ausrüstung mitnehmen sollen …"

„Wichtiger noch, wir hätten dich begleitet, Frigel", meinte Erik mit gerunzelten Brauen. „Du hast Jennas Leben gerettet, indem du mit mir in die Höhlen der Ghasthöhe hinabgestiegen bist. Ich betrachte es als meine Pflicht, dir ebenso zur Seite zu stehen."

Frigel war baff. Trotz der Spannungen und der Rivalität, die zwischen ihnen immer noch eine gewisse Rolle spielten, wäre Erik mitgekommen? Einfach so, ohne zu diskutieren?

„Und ich auch!", sagte Jenna. „Schließlich war ja ich diejenige, die du gerettet hast."

„Und ich bin deine beste Freundin", warf nun Ophelia ein. „Zu viert hätten wir zweifelsohne mehr ausrichten können."

„Es tut mir leid", Frigel sprach behutsam. „Versteht ihr … Ich bin so lange Zeit allein gewesen, das heißt zusammen mit meinem Großvater, der nie da ist. Mir fällt es noch schwer …"

„Mir fällt es noch schwer, mich auf andere Menschen zu verlassen, auf sie zu bauen", wollte Frigel sagen, doch er unterbrach sich, scheute davor zurück, anderen etwas so Persönliches anzuvertrauen. Seine Rettung waren die vielen Fragen, die Erik und Jenna zu dem Mann in Grau auf der Zunge brannten. Noch nie hatten sie von ihm gehört. Ophelia, die Frigel bereits ins Vertrauen gezogen hatte, wiederholte die Geschichte für ihre neuen Freunde.

„Unglaublich! Du glaubst also, dass dieser Mann etwas verbirgt", meinte Jenna fasziniert.

„Ich … ich weiß nicht viel von ihm", gab Frigel zu. „Eine merkwürdige Person, so viel ist sicher."

„Wir müssen die Silbergarden unterrichten", erklärte Erik mit aller Entschiedenheit.

Seine Schwester protestierte, ohne eine Sekunde zu zögern:

„NEIN!"

Ihre Reaktion fiel so heftig aus, dass die drei Kinder Jenna erstaunt anstarrten. Diese hatte Tränen in den Augen. Mit lauter Stimme sagte sie ganz außer sich zu ihrem Bruder:

„Erik, du willst alle Welt verpetzen! Du weißt schon, was die Silbergarden tun, wenn sie jemanden festnehmen? Sie werfen ihn ins Gefängnis, schicken ihn in die Verbannung … Willst du Menschen in den Kerker bringen? Was hast du bloß im Herzen? Obsidian?"

Erik stand mit offenem Mund da. Er mochte seine kleine Schwester sehr gern, und noch nie hatte sie in einem solchen Ton mit ihm geredet.

„Aber nein, Jenna", erklärte er. „Ganz im Gegenteil. Ich liebe euch, dich, unsere Eltern, die Menschen im Dorf, und eben deshalb will ich euch beschützen vor gefährlichen Verbrechern oder Magiern, die die Gegend in Angst und Schrecken versetzen könnten."

In Jennas Blick flackerte noch die Wut, doch nun schaltete sich Ophelia ein.

„Tatsächlich gibt es keinerlei Beweise dafür, dass der Mann in Grau gefährlich ist."

„Und außerdem hat er mir das Leben gerettet", meldete sich Frigel zu Wort. „Schon deshalb können wir ihn nicht verraten." Um die Situation zu entschärfen, fügte er an: „So ganz nebenbei möchte ich euch daran erinnern, dass ich hier vierzig Blöcke Abwasch zu erledigen habe. Wenn es also Freiwillige gibt ..."

Ophelia betrachtete das schlichte, herkömmliche Spülbecken aus Stein, verschränkte die Arme vor der Brust und dachte nach.

„Erik, wie wäre es mit ein wenig Unterstützung?", fragte sie.

„Beim Spülen?“, lautete die entsetzte Rückfrage. „Nein“, beruhigte ihn Ophelia. Sie hatte einen Einfall gehabt. Man sah es am Leuchten in ihren Augen. „Beim Erfinden ...“

Kapitel 12

Eine Stunde später hatten Ophelia und Erik eine ausgeklügelte Redstone-Anlage erschaffen: Kleine Spülbecken füllten sich von selbst mit sauberem Wasser, man legte einen Stapel Geschirr hinein, die Becken glitten auf Schienen voran, ließen das dreckig gewordene Wasser automatisch ab – und der Vorgang begann von vorn. Für die Kinder blieb nicht viel zu tun: Sie räumten das dreckige Geschirr an einem Ende ein und nahmen das saubere am anderen Ende heraus.

Die „Maschine zum Spülen von Geschirr", wie Jenna das System taufte, gefiel den Kindern dermaßen, dass sich die schlechte Stimmung ebenso schnell auflöste wie das Fett auf dem Geschirr. Schon bald waren sie so fröhlich, dass sie ein Lied im Rhythmus der Spülbecken-Parade anstimmten. Unglücklicherweise rief dies Martha die Milde, die mit dem falschen Beinamen, auf den Plan.

Martha betrat die Küche, sah die Kinder, stemmte die Arme in die Hüften und erklärte wütend:

„Was habt ihr hier zu suchen, ihr Rotznasen? Das ist Frigels Arbeit, nicht eure!"

„Wir helfen ihm nur ein wenig", antwortete Jenna mit ihrem charmantesten Lächeln, um die Herbergsmutter zu entwaffnen. „Das tun wir doch allein, damit Frigels Aufgabe schneller erledigt ist und Ihre Küche vor Sauberkeit …"

„Habe ich euch erlaubt, eure schmutzigen Füße auf meine Fliesen zu setzen? Los, macht euch davon. Du nicht, Frigel! Du beendest deine Arbeit."

Frigel warf seinen Freunden einen bedauernden Blick zu, Ophelia zwinkerte ihm fröhlich zu. Nach einem „Auf Wiedersehen" von Jenna, die stets und immer höflich war, wandten sich die drei Gefährten zur Tür, die von der Küche auf den Hinterhof der Herberge führte.

„Wir warten draußen auf dich", flüsterte Ophelia Frigel noch zu.

Die Tür fiel ins Schloss. Martha die Milde, die in der Küche geblieben war, um Frigels Arbeit zu überwachen, riss die Augen weit auf, als sie das Redstone-System bemerkte.

„Was ist das für ein Unfug?", wetterte sie. „Du baust das ab, und zwar schnell!"

„Selbstverständlich! Sobald ich fertig bin", meinte Frigel. Er ließ die Spülbecken zwei weitere Touren absolvieren, damit auch die letzten Teller sauber wurden.

Martha war mehr als verblüfft von der Geschwindigkeit, in der sich der Spülvorgang vollzog. Mit einem kleinen Lächeln fragte Frigel sie anschließend:

„Wie ist es? Soll ich wirklich alles abbauen?"

„Nun ja, lass es halt, wie es ist", brummelte Martha. „Ich kümmere mich selbst darum. In einigen Tagen ..."

Frigel verbarg seine Erheiterung und verabschiedete sich höflich von der Herbergsmutter, die ihn daran erinnerte, dass er am nächsten Abend wiederkommen musste. „Und keine Minute zu spät, verstanden?!"

Frigel nickte und verschwand dann ebenfalls durch die Hintertür.

Kapitel 13

Es war inzwischen Nacht geworden und im Hof der Herberge war es dunkel, sogar ein wenig zu dunkel. Fluffy entfuhr ein kurzes, besorgtes Bellen und Frigel runzelte die Brauen.

Martha die Milde sollte wissen, dass in finsteren Zonen Monster auftauchen konnten, selbst innerhalb des Dorfes. Natürlich musste man aufs Geld achten, wenn man eine Herberge betrieb. Sparte man jedoch bei den Fackeln, konnte das tödliche Folgen haben.

Frigel schaute sich um und bestimmte die Tiefe der Schatten, wie es jedem Kind beigebracht wurde. Die Lichtstärke war gerade so ausreichend, um feindselige Kreaturen fernzuhalten.

„Ophelia, Jenna, Erik! Wo seid ihr?", rief Frigel.

Er hörte Jenna fröhlich rufen:

„An einem luxuriösen und behaglichen Ort. Hier!"

Frigel folgte Jennas Stimme bis zur Scheune und schob die schwere Holztür auf. Er stand in einem riesigen Raum, in dem ein Esel, Kaninchen, Schweine, Hühner und drei Kühe wild im Heu herumtobten. Die Scheune war mit ein paar Fackeln auf dem Boden auch nur halbwegs hinlänglich erleuchtet. Martha hatte sich noch nicht einmal die Mühe gemacht, die Lichter an der Wand zu befestigen.

„Wir sind hier!", verkündete Erik.

Frigel erreichte ein oberhalb der Tiere angebrachtes Holzsims, auf dem sich die drei Freunde niedergelassen hatten. Sie empfingen Frigel in bester Stimmung. Zunächst musste Fluffy klargemacht werden, dass er die Kühe nicht laut bellend herumjagen durfte, wenn er es auch noch so gern wollte. Dann machten sich die Kinder einen Spaß daraus, sich über Marthas Auftritt lustig zu machen. Ophelia ahmte die Herbergsmutter ziemlich gekonnt nach, mit in die Hüften gestemmten Händen und aufgebrachter Stimme. Jenna holte Apfel-Rüben-Bonbons hervor und verteilte sie. Frigel war anfangs sichtlich skeptisch, doch er hatte unrecht: Die Süße der Rübe vertrug sich bestens mit der säuerlichen Note des Apfels. Schließlich brachte Erik das Gespräch wieder auf ernstere Themen.

„Nun gut. Lasst uns eine Strategie entwickeln. Frigel, du möchtest nach wie vor in den dichten Wald zurückkehren, um Fluffys Mutter zu retten?"

„Mehr als jemals zuvor", antwortete der junge Abenteurer, während Fluffy ein entschiedenes Bellen beisteuerte. „Ihr wollt mir immer noch helfen?"

„Natürlich", sagten die drei im Chor.

„Perfekt", sagte Frigel. „Wir gehen morgen früh los."

Nun mussten sie noch eine Taktik finden. Falls Fluffys Mutter entführt worden war: Wie sollten sie den dichten Wald durchqueren? Wie konnten sie dort überleben?

„Wir bauen alle hundert Blöcke einen Unterschlupf und laufen von einem zum anderen", schlug Ophelia vor.

Erik zuckte mit den Schultern.

„Das ist eine Methode für Feiglinge! Es reicht doch, einfach geradeaus zu gehen und ein Monster nach dem anderen zu erledigen."

Es war klar, dass Ophelia beleidigt war.

„Du nennst mich feige?"

„Nicht dich", erwiderte Erik mit einem herausfordernden Lächeln. „Nur deine Art, die Dinge zu sehen."

„Ich bin nicht feige", schimpfte Ophelia, „ich bin vernünftig, du … du starrköpfiger, stinkender Kabeljau."

„Du warst auch schon mal kreativer bei deinen Beleidigungen", höhnte Erik, während Jenna mit einem reizenden Lächeln meinte:

„Im Gegenteil, ich finde ‚starrköpfiger, stinkender Kabeljau' passt prima. Das ist wie für dich gemacht, Brüderchen."

Erik verpasste seiner kleinen Schwester vergnügt einen Rippenstoß, den er von Jenna umgehend zurückbekam. Frigel hingegen war ganz in seine Gedanken versunken. Die Reisende hatte von dem Waldanwesen der schwarzen Rose gesprochen und Kinder von Burg Spinnar waren verschwunden, darunter auch Thia, die Freundin von Jenna. Der Mann in Grau hatte die Kinder gewarnt, sie sollten sich dem Wald nicht nähern. Brachte Frigel seine Gefährten in Gefahr, indem er ihre Hilfe annahm? Der Junge bemerkte, dass er den Faden der Unterhaltung verloren hatte, als er hörte, wie Erik verkündete:

„… jedenfalls hat Frigel sich ungeschickt angestellt mit den Spinnen. Ich hingegen hätte da keinerlei Probleme gehabt."

Fluffy bellte spöttisch und Frigel sprang auf.

„Ach wirklich, Erik? Es waren Dutzende von Spinnen! Was hättest du getan? Darf man das erfahren?"

Nun sprang auch Erik vom Sims herunter und landete inmitten der Schweine und Hühner. Er erhob sein Steinschwert und mimte einen Kampf, wobei er den Ferkeln die Rolle der Spinnen zudachte. Ophelia und Jenna guckten einander an und rollten mit den Augen: Erik und Frigel konnten es einfach nicht lassen, immer diese Rivalität.

„Was ich getan hätte? Das und das und …", Erik untermalte jeden seiner Schläge. „Natürlich hätte ich auch eine Steinmauer errichtet, um mich zu schützen, dann hätte ich einen Satz nach hinten gemacht, genau so …"

Erik sprang, stolperte – und fiel zwischen die Hühner, die wild gackernd auseinanderstoben und in ihrer Panik die beiden Fackeln nahe dem Eingang umwarfen. Diese erloschen, sobald sie den Boden berührten.

Die Scheune lag jetzt im Halbdunkel. Es herrschte keine vollkommene Finsternis, da zwei der vier Fackeln noch brannten. Doch dort, wo Erik hingefallen war, war es tatsächlich sehr dunkel.

Ophelia und Frigel begriffen im selben Moment, dass die Lage nun ernst wurde.

„Wir sollten gehen, es ist zu dunkel", meinte Ophelia zu den anderen gewandt. „Und Frigel, verständige Martha, dass hier mehr Fackeln vonnöten sind."

„Du hast recht", stimmte Frigel seiner Freundin zu.

Er reichte Jenna die Hand und half ihr vom Sims herunter. Jennas Wangen röteten sich. Gemeinsam verließen die beiden Kinder die Scheune, während Ophelia Erik befahl:

„Spiel dich nicht auf! Raus hier. Es ist zu gefährlich dazubleiben."

„Ihr seid doch alle Feiglinge", wetterte der Junge und erhob sich im Halbdunkel. „Ich werde die Fackeln wieder anzünden und ..."

In diesem Moment erschien ein Zombiekind auf einem Huhn.

Erik entfuhr ein Schrei, eher erstaunt als ängstlich, und er fiel zurück auf den Hintern. Esel, Kühe, Schweine, Kaninchen und Hühner gerieten in Panik, stürzten zum Ausgang, rempelten Jenna und Frigel an und warfen zwei weitere Fackeln um. Der Hof lag nun fast vollständig im Dunkeln.

KAPITEL 14

Im Inneren der Scheune entblößte das Zombiekind seine spitzen Zähne und nahm Erik ins Visier. Der Junge saß immer noch auf seinem Blockhintern und war sich der Lächerlichkeit der Situation bewusst. Er bekam einen furchtbaren Lachkrampf. Ophelia stürzte herbei, um ihm zu helfen.

„Erik!", schrie sie, „Vorsicht!"

Das Zombiekind war tatsächlich gefährlich. Auf seinem gefiederten Reittier startete es mit gebleckten

Zähnen zum Angriff, wobei sich der immer noch lauthals lachende Junge im letzten Moment zur Seite werfen konnte. Dabei verlor er sein Schwert, das Ophelia rasch aufhob. Das Zombiekind stürzte sich erneut auf ihn, doch Erik konnte trotz des Lachkrampfs auch dieses Mal mit der ihm eigenen Geschicklichkeit ausweichen. Ophelia schritt ein, denn irgendwann würde sein junger, hartnäckiger Gegner Erik mit Sicherheit erwischen und beißen. Ophelia erhob das Schwert und schlug mit aller Kraft zu – allerdings ohne zu treffen. Eriks Lachkrampf kannte keine Grenzen mehr.

„Das ist überhaupt nicht komisch", protestierte Ophelia, die selbst das Lachen in sich aufsteigen spürte. „Meine Stärke ist der Bogen, nicht das Schwert!"

Erneut schlug sie zu – daneben.

„Das ist ... der irrwitzigste ... Kampf ... des Universums", brachte Erik stammelnd hervor, während er vor Lachen fast heulte.

Das Zombiekind hatte es nun auf das Mädchen abgesehen, wollte zubeißen. Und es war schnell. Die Situation wurde brenzlig. Das Huhn sprintete auf Ophelia zu. Diese hob ihre Waffe und holte zu einem dritten Schlag aus. Fast verlor sie das Gleichgewicht. Die Schneide durchschlug den Kopf des Zombiekinds.

Das Monster verschwand. Erneut hallte Eriks Lachen in der Scheune wider, während Ophelia – ihre Hände zitterten – zu schreien begann:

„Du Blödmann! Weißt du eigentlich, welcher Gefahr du uns ausgesetzt hast? Und dann machst du dich auch noch lustig!"

Erik richtete sich auf, die Lachtränen noch in den Augen, und legte seine Hand auf Ophelias Schulter.

„Ich mache mich nicht lustig! Jedenfalls nicht über dich. Es ist einfach … die Panik … die Schweine … der verwegene und zugleich furchterregende Angriff eines Zombiekinds auf einem Federvieh …"

„Du bist wirklich bescheuert!", schrie Ophelia, ohne eigentlich zu wissen, warum.

Sie stand noch unter Schock.

„Du hast mir das Leben gerettet", antwortete Erik.

Und er küsste sie.

Die Scheune, in die nur wenig Mondlicht durch die schmalen Öffnungen fiel, war in ein friedliches Halbdunkel getaucht. Der Kuss auf die Lippen war flüchtig, zart, fast nur eine Ahnung gewesen. Erik und Ophelia, beide errötet, versuchten wieder zu sich zu kommen.

„Ähm … es tut mir leid … ich bin ausgerutscht", sagte Erik, inzwischen deutlich rot verfärbt.

Nichts hätte weiter von der Wahrheit entfernt sein können. Ophelia stammelte auch eine idiotische Entschuldigung. Einen Moment standen sie verlegen voreinander.

Bis Erik sich erneut vorbeugte und … eine Explosion den Hof der Herberge erschütterte.

Kapitel 15

Erik schrie entsetzt auf: „Jenna!"

Er und Ophelia stürzten aus der Scheune hinaus. Draußen bot sich ihnen ein Bild der Verwüstung. In der Dunkelheit war ein Creeper aufgetaucht und explodiert, während Frigel, Fluffy und Jenna losgerast waren, um sich außer Reichweite zu bringen. Nach der Explosion herrschte ein wildes Getöse aus Gackern, Grunzen und Muhen. Kein Tier war zu Schaden gekommen, allerdings war ein Ferkel direkt in Jennas

Richtung geschleudert worden. Frigel hatte sich heldenhaft dazwischengeworfen und das Tier war mit voller Wucht auf seinen Bauch geprallt.

„Die Schweine bringen dir kein Glück, Frigel!", meinte Jenna lachend.

Gerade waren Ophelia und Erik zutiefst erleichtert, dass ihre Freunde gesund und munter waren, als die Katastrophe auch schon neue Fahrt aufnahm. Martha die Milde fegte fuchsteufelswild aus der Herberge heraus. Ihre Wut war nicht ganz unverständlich, das musste man zugeben. Sie begann wie wild loszubrüllen. Frigel und Jenna wollten die Situation erklären, während Erik darauf bestand, dass das alles bei mehr Licht im Hof nicht passiert wäre. Ophelia dachte, wie es ihre Art war, an das Zweckmäßige: Bevor sie die Frage der Verantwortung erörterten, sollten sie, so ihr Vorschlag, doch zunächst die Fackeln wieder entzünden, schließlich könnten sonst weitere Monster auftauchen …

Ein Skelett erschien direkt hinter Martha. Gleichzeitig riefen die vier Kinder:

„Achtung!"

Der Verzweiflung nahe rief Martha aus: „Was denn jetzt noch?", und drehte sich um.

Als sie das Monster sah, zuckte sie zusammen, bewahrte aber die Ruhe.

„Mein Herr, ich kann mich nicht erinnern, Ihnen ein Zimmer vermietet zu haben“, ließ sie das Skelett wissen.

Sie griff nach einer Schaufel, die zusammen mit anderen Werkzeugen an der Mauer lehnte, während Ophelia Jenna zurief:

„Licht!“

Mit den zwei letzten Fackeln, die im Hof noch brannten, war das Lichtlevel unzureichend. Jenna rannte zur einen, Ophelia zur anderen Seite, um weitere Fackeln zu entzünden, während der Kampf zwischen der Herbergsmutter und dem Skelett in vollem Gang war. Martha schlug sich ziemlich gut gegen den Untoten.

„Verschwindet, Gören!“, ordnete sie an, als Erik und Frigel ihr zu Hilfe eilten. „Das ist etwas für Erwachsene!“

Fluffy hingegen konnte sie nicht davon abhalten, sich dem Schienbein des Skeletts zu widmen. Genussvoll begann er es abzunagen.

Ophelia tat sich schwer damit, die Fackeln wieder zu entzünden. Wind war aufgekommen und die Hühner wirbelten die Luft auf mit ihrem panischen Geflatter. Plötzlich ergriff das Mädchen eine tiefe Angst. Sie waren schon einem Zombiekind und einem Creeper entkommen. Und jetzt das Skelett. Erik konnte noch so sehr lachen, sie hatten unfreiwillig einen „Eingang nur für Monster" mitten in Lanniel geschaffen.

Was wäre, wenn die Monster nun zu Dutzenden auftauchten. Wenn sie das Dorf verdammt hatten?

Ein eisiger Luftzug ließ Ophelia erschauern. Dieses Mal würde sie eine Woge von Zombies überrollen …

Auf einen Schlag entzündeten sich alle Fackeln.

„Uff, danke Jenna!", flüsterte Ophelia.

Sie wandte sich zu ihrer Freundin um: Jenna stand sehr bleich und aufrecht in einigen Metern Entfernung von den Fackeln, ihre Hand hatte sie erhoben, über dem Handteller tanzten Funken.

Kapitel 16

Außer Ophelia hatte niemand etwas bemerkt. Frigel und Erik hatten gebannt den Kampf verfolgt und Fluffy ließ keinen Augenblick von dem Skelett ab.

Eine Fackel hatte sich in Grundgestein verwandelt. Jenna sammelte es rasch auf. Sie zitterte und betrachtete ihre Hand, als würde diese nicht zu ihr gehören.

Schließlich fiel ihr Blick auf Ophelia.

„Pst!", machte ihre Freundin und legte den Finger auf ihre Lippen.

Jenna nickte kurz. Die Funken waren verschwunden. Nahe bei der Scheune holte Martha einmal tief Luft und ließ den Spaten niedersausen ... das Skelett zersprang in tausend Stücke.

Erik und Frigel waren so begeistert, dass sie applaudierten. Martha wandte sich zu ihnen um.

„Beim Ei des Enderdrachen", begann sie mit vor Wut glänzenden Augen. „Ich will jetzt sofort wissen, was hier passiert ist."

In der mehr als verworrenen Antwort kamen ein Zombiekind, Kühe, Flammen, ein Creeper und fast gegrillte Hühnchen vor. Martha der Milden wurde es zu bunt, sie unterbrach die Kinder und erklärte in einem Ton, der keinen Widerspruch duldete:

„Das reicht. RUNTER von meinem Grundstück! Und das ich euch hier NIE WIEDER sehe. Außer dir, Frigel", fügte sie hinzu – mit einem Blick, der einen Enderman zu Asche hätte zerfallen lassen. „Ich erhöhe die Dauer deines Spüldienstes von drei auf zehn Tage. Und NIEMAND widerspricht hier!"

Niemand widersprach. Die Kinder verdrückten sich.

„Und so ging die ‚Große Schlacht im Hühnerhof' zu Ende", murmelte Erik und Frigel konnte nicht anders, als loszuprusten.

Als sich die Kinder vor Hermelines Haus trennten, bekräftigten sie noch einmal ihren Entschluss, sich am nächsten Tag wiederzutreffen und ins Abenteuer zu stürzen. Frigel ging rasch hinein, Fluffy folgte ihm auf den Fersen. Hermeline würde zweifellos nicht begeistert sein, dass sie erst so spät nach Hause kamen, und das in ihrer direkten Art auch deutlich machen.

Ophelia begleitete Erik und Jenna, wobei sie den Blicken von Erik auswich. Dieser suchte sichtlich das Gespräch mit ihr, doch Ophelia war viel zu verlegen wegen des Kusses und zu aufgewühlt wegen der Sache mit den Fackeln, als dass sie sich mit ihm hätte unterhalten können. Während Erik und Jenna bei sich ins Haus traten, gab Ophelia ihrer Freundin heimlich ein Zeichen: Sie deutete mit dem Kopf auf das Fenster von Jennas Schlafzimmer. Jenna nickte, sie hatte verstanden.

Ophelia tat so, als würde sie weggehen, kehrte aber schon nach wenigen Schritten auf leisen Sohlen zum Haus zurück.

Die Zeit verging. Der Mondblock stieg langsam am Himmel hinauf. Still war es in Lanniel.

Endlich öffnete sich das Fenster einen Spalt und Jenna stieg ganz vorsichtig hinaus.

„Entschuldige. Ich habe gewartet, bis Eriks Schnarchen zu hören war, bevor ich mich verdrückt habe."

Ophelia nickte.

„Also, Jenna, kannst du mir erklären, was passiert ist?", fragte sie schließlich.

Kapitel 17

Jenna ließ sich auf eine Bank fallen; sie war ganz bleich.

„Vor drei Wochen hat alles angefangen", begann sie leise. „Ich war eingeschlossen, verletzt, allein unten in der Mine der Ghasthöhe.[4] Ich ... ich dachte, dass mich niemals jemand finden, dass ich dort sterben würde."

Mit Tränen in den Augen setzte Jenna ihre Erzählung fort. Umgeben von Lavaseen war sie den Angriffen von

4. Siehe „Frigel und Fluffy, Die Jagd nach dem Schatz".

Monstern ausgeliefert gewesen. Die Panik und Verzweiflung hatten in ihr eine seltsame Kraft freigesetzt.

„Es war, als hätte ich das Feuer der Lava in mich aufgenommen und würde es mit einer Handbewegung wieder hervorholen, um die Spinnen zu verbrennen. Das hat mir unglaublich Angst gemacht! Dann habt ihr mich gerettet und wir sind zurück ins Dorf gegangen. Doch jetzt fühle ich diese merkwürdige Kraft immer aufsteigen, wenn ich einem Feuer nahe bin. Und bei Martha, da habe ich gar nicht nachgedacht. Die Flammen sind von selbst gekommen und die Fackeln haben sich entzündet."

Ophelia nickte.

„Du bist eine Zauberin", erklärte sie.

Jenna wurde noch blasser.

„Du wirst mich zumindest nicht verraten?"

„Niemals", sagte Ophelia und drückte tröstend die Hand des Mädchens. „Du bist meine Freundin ... Wir werden eine Lösung finden, das verspreche ich dir. Wer kennt die Wahrheit?"

„Niemand!", rief Jenna besorgt aus, bevor sie die Stimme senkte. „Du hast gesehen, wie sehr Erik Zauberer hasst?! Er würde mich verleugnen, meine Eltern ebenso. Schlimmstenfalls würden mich die Silbergarden ins Gefängnis werfen."

„Niemals würde Erik dich verstoßen", widersprach Ophelia. „Du bist seine kleine Schwester, das Wesen, das ihm auf der ganzen Welt am teuersten ist."

Doch Jenna schien so besorgt, dass Ophelia nicht auf dem Thema beharrte.

„Lass uns die Dinge mit Vernunft betrachten", fuhr sie fort. „Zunächst diese Gabe. Wie funktioniert sie?"

„Eine Wärmequelle muss in der Nähe sein. Eine Fackel, Lava, ein Kamin. Dann fühle ich eine Art Kribbeln, eine Begierde. Gebe ich ihr nach, erscheint die Flamme in meinen Händen und ... und die Quelle, aus der ..., ähm, von der ich das Feuer gestohlen habe, verwandelt sich in Grundgestein."

„Unglaublich", Ophelia war fasziniert. „Glaubst du, dass es noch andere Quellen der Magie gibt? Das Wasser? Die Luft? Das Leben? Der Tod? Die Fische? Das Gemüse?", fügte sie lächelnd hinzu.

Jenna reagierte mit einem nervösen Lachen.

„Die Magie des Brokkoli!", rief sie aus und fuchtelte mit den Händen herum. „Die Zauberer ziehen ihre Kraft aus den Kartoffeln, um dann bösartige Kreaturen mit Rübenbällen zu bewerfen!"

„Achtung! Der Angriff der Karotten! Mischgemüse in Sicht!"

„Verzauberter Auflauf! Erbsen, nehmt euch in Acht!"

Jetzt lachte Jenna wirklich. Sie nahm Ophelia in ihre Arme und drückte sie an sich.

„Danke! Du glaubst gar nicht, wie gut es mir getan hat, dass ich mich jemandem anvertrauen konnte, dass ich dieses Geheimnis nicht ganz allein tragen muss."

Ophelia drückte sie nun ihrerseits und für einen Moment blieben die beiden Mädchen eng umschlungen sitzen. Schließlich erklärte Ophelia:

„Wir brauchen einen Plan. Zuerst musst du lernen, deine Gabe zu steuern, sodass du dich nicht vor Zeugen verrätst. Könntest du vielleicht Übungen mit Fackeln machen und probieren, das Entflammen zu verhindern?"

Die beiden Mädchen diskutierten über die beste Methode. Dann warf Jenna einen unruhigen Blick auf ihr dunkles Zuhause.

„Ich muss heim", meinte sie. „Wir treffen uns morgen, um die schwarze Rose aufzuspüren. Nochmals danke, Ophelia. Du belügst Frigel und Erik sicher nicht gern."

„Ich beschütze eine Freundin. Frigel würde das verstehen", meinte Ophelia und winkte ihr zum Abschied.

Jenna verschwand. Ophelia dachte an den Kuss in der Scheune und errötete.

Erik würde es bestimmt nicht verstehen …

Kapitel 18

Am nächsten Tag trafen sich die Kinder am schiefen Baum nahe dem Ausgang des Dorfes, Fluffy war natürlich mit von der Partie. Es war ein schöner Tag, die Sonne schien und der Wald von Arden leuchtete grün im Morgenlicht. Ophelia hatte Taschen mit Proviant, Pfeilen und Bögen vorbereitet, die sie nun an ihre Freunde verteilte.

„Dieses Mal habe ich auch meine diamantene Spitzhacke dabei!", erklärte Frigel.

„Warum? Willst du damit auf die Monster losgehen?“, spöttelte Erik.

„Wer weiß“, antwortete Frigel mit einem Lächeln.

Eine Nacht mit viel Schlaf hatte seine Ängste zerstreut, wohlgemut brach er zum Abenteuer auf, froh darum, bewaffnet und in guter Gesellschaft zu sein. Die Gruppe machte sich auf den Weg und nahm dieselbe Route, die Frigel und Fluffy am Vortag allein gegangen waren. Frigel stimmte ein Wanderlied an, Ophelia und Erik fielen ein. Jenna lauschte ihnen mit einem Lächeln. Sie war immer noch bleich und schien eine unruhige Nacht gehabt zu haben.

„Du hast eine schöne Stimme“, flüsterte Erik Ophelia zu, als sie durch ein schattiges Wäldchen gingen.

Ophelia, die von Erik noch nie im Leben ein Kompliment bekommen hatte, stammelte irgendetwas Unverständliches. Erik sah sie lächelnd an und berührte dann schüchtern ihre Hand.

Ophelia rückte von ihm ab, als hätte sie sich verbrannt.

Ihre Gedanken überschlugen sich. Sie musste Erik belügen, um Jenna zu schützen, und man nahm nicht die Hand von jemandem, den man belog. Und außerdem … sie verabscheute Erik, oder? Na ja, „verabscheuen“ war nicht das richtige Wort, Erik war ihr

Freund, aber er war auch … nervig. Anmaßend. Starrköpfig. Unfreundlich. Wie seltsam war es doch, dass sie sich unter allen Jungen im Dorf gerade von ihm hatte küssen lassen. Und dennoch, als sie sich an die Szene erinnerte, schoss die Röte erneut in Ophelias Wangen.

Sie wandte sich Erik zu, um die Unterhaltung wieder aufzunehmen und möglichst so zu tun, als sei nichts gewesen. Doch der Junge war verletzt und wütend und wich ihrem Blick aus.

„Wir haben noch einen langen Weg vor uns", stammelte Ophelia nervös.

„Hast du noch mehr solcher Gemeinplätze auf Lager?", erwiderte Erik harsch.

Jenna sah erstaunt zu ihrem Bruder hinüber, während Frigel, der vorn lief, ankündigte:

„Wir kommen jetzt gleich zu der Statue, von der mir die Kartografin erzählt hatte. Das müsst ihr euch ansehen! Ophelia, du bist doch Künstlerin, du kannst uns sicher etwas dazu sagen."

Nur einige Minuten später standen die vier Gefährten und Fluffy gemeinsam vor dem seltsamen bunten Werk mit mehreren Armen.

„Oh, ich habe nicht die leiseste Idee, was diese Statue darstellen soll", erklärte Ophelia mit einem Lachen.

„Aber sie gefällt mir. Die Farben sind fröhlich und sehr kontrastreich. Als wollte der Künstler etwas versinnbildlichen, das zugleich freudvoll und kompliziert ist."

„So ein Unsinn", schnitt Erik ihr sichtlich schlecht gelaunt das Wort ab. „Das ist ein Haufen bunter Steine und sonst nichts."

„So einfach ist Kunst nicht!", protestierte Ophelia. „Ein Bildhauer kann eine Idee, die ihm in den Kopf kommt, mit einem abstrakten Werk ausdrücken, einem wie diesem."

„Er vergeudet seine und unsere Zeit", brummte Erik und ging wutschnaubend auf den Weg zurück. „Müssen wir nicht eine Hündin retten?!"

Fluffy ließ ein erstauntes Kläffen hören und die drei Kinder sahen Erik verwundert hinterher.

„Also, der ist heute mit dem falschen Blockfuß aufgestanden", meinte Frigel und hängte sich an Eriks Fersen.

Niemand antwortete. Jenna fragte sich beunruhigt, ob ihr Bruder etwas ahnte. Ophelia, die es gar nicht mochte, wenn ihr jemand mit Respektlosigkeit begegnete, schloss zu Erik auf, um ihm alle möglichen Schimpfnamen um die Ohren zu hauen. Erik ließ das nicht auf sich sitzen und tat es ihr gleich.

Frigel wandte sich zu Fluffy um:

„Super Stimmung hier“, flüsterte er. „Da wäre ich besser allein losgezogen.“

„Wuff“, stimmte der Hund zu.

Ohne das merkwürdige Verhalten seiner Freunde weiter zu beachten, verließ Frigel den Weg und wandte sich wie am Vortag gen Osten. Die Schatten wurden tiefer, die Stämme der Bäume dicker.

„Hey!“, rief Frigel. „Kommt mal her!“

Sein Ton war so ernst, dass Ophelia und Erik ihr Gezanke unterbrachen und zusammen mit Jenna herbeikamen.

„Ich empfehle euch, euch zu versöhnen“, erklärte Frigel. „Schaut!“

Er deutete auf die großen Schwarz-Eichen.

„Wir dringen nun in den dichten Wald ein.“

KAPITEL 19

Die vier Abenteurer waren angespannt. Sie rückten vorsichtig vor, Frigel an der Spitze, in der linken Hand eine Fackel, in der rechten sein Schwert. Erik hielt ihnen den Rücken frei, machte gelegentlich einige Schritte rückwärts, um die Umgebung mit den Augen abzusuchen. Ophelia hatte ihren Bogen hervorgeholt; Jenna hatte sich fürs Schwert entschieden.

Der Wald war erfüllt von seltsamen und furchterregenden Geräuschen. Fluffy knurrte fast bei jedem

Schritt, was die ohnehin allgegenwärtige Nervosität nicht linderte. Dabei war die Schönheit des Ortes verblüffend. Hatten sich die Augen erst an das Halbdunkel gewöhnt, enthüllten sich die erhabenen, mächtigen Baumstämme, die rot leuchtenden Riesenpilze und die blass schimmernden Birken. Alles wirkte wie aus einer anderen Welt, einer Legende entsprungen. Doch die vier Kinder hatten anderes im Sinn. Das Stöhnen der Zombies schien sich zu einem einzigen Ruf des Todes zu vereinen, und wenn das knöcherne Rasseln eines Skeletts zu vernehmen war, beschleunigten die Gefährten ihre Schritte. Ganz zu schweigen von den Spinnen. Wenn Frigel nur an sie dachte, lief es ihm schon kalt den Rücken herunter.

Trotz allem gingen sie weiter, immer in östlicher Richtung, um sich nicht zu verirren.

„Entscheidend ist, dass wir die Monster meiden", sagte Ophelia. „Wir sind nicht hier, um zu kämpfen, sondern um die Hündin zu finden."

Sie hatte erwartet, dass Erik widersprechen und sie erneut als feige bezeichnen würde, doch der Junge war mit seiner Aufmerksamkeit ganz bei einer Baumgruppe, hinter der sich Schatten bewegten. Plötzlich schrie er:

„Lauft!"

Anstatt zu gehorchen, blieben die drei anderen wie angewurzelt stehen. Ärgerlich schob Erik seine Gefährten vorwärts.

„Los, rennt! Ich halte sie ein wenig auf. Wir dürfen nicht stehen bleiben, auch nicht, um zu kämpfen", rief er und zeigte auf drei Zombies, die aus dem Gestrüpp brachen. „Sonst stürzen sich alle Monster des Waldes gleichzeitig auf uns. Lauft!"

Erik hatte recht. Blieben sie stehen, um zu kämpfen, hätten alle anderen Kreaturen ausreichend Zeit, um sie einzukreisen. Frigel, Ophelia und Jenna ergriffen die Flucht. Nur einige Momente später stieß Erik glücklicherweise wieder zu ihnen.

„Sie verfolgen uns. Einige Schläge mit dem Schwert habe ich ausgeteilt, dann bin ich abgehauen", verkündete er. „Wir dürfen auf keinen Fall langsamer werden!"

„Fluffy, riechst du nichts?", fragte Frigel. „Deine Mutter? Die Hündin? Wenn wir eine Spur hätten, das käme uns jetzt sehr zupass."

Fluffy bellte um Entschuldigung. Die vier Kinder liefen weiter, wobei sie nur knapp einigen Skeletten entkamen, die sich von links näherten. Und die Zombies folgten ihnen auch immer noch! Frigels Angst wuchs. Seine Freunde waren ihm voller Vertrauen gefolgt – wozu? Um umgeben von Monstern ziellos herumzuirren? Sie rannten auf den Hang eines Hügels zu, als Jenna stehen blieb und auf Schatten hinter den Baumstämmen deutete.

Vier weitere Skelette.

„Die Kreaturen werden uns erwischen", murmelte Frigel.

Sie konnten noch fliehen, aber was dann? Frigel schaute zögerlich zu den mächtigen Bäumen und dicken Ästen hinauf. Sie wirkten, als könnten sie eine ganze Armee tragen.

Ja, entweder fliehen oder …

„Seid ihr bereit?", begann er mit einem kleinen Lächeln. „Wir klettern nach oben!"

Kapitel 20

Hinauf in die Wipfel des dichten Waldes! Nie zuvor waren die Kinder in so mächtigen Bäumen geklettert und die Erfahrung war – kurz gesagt: toll. Es kam ihnen so vor, als wäre dies eine der von dem berühmten Architekten Bartholomäus organisierten Übungen, bei denen die Kinder viel Spaß hatten und zugleich Dinge lernten wie das Klettern, das Zerschlagen von Blöcken oder das Errichten von Festungen. In vollem Tempo von einem Ast zum nächsten zu springen – das war wie ein Spiel.

„Yippie!", Jenna fand beim Klettern ihre gute Laune wieder.

Sie winkte den Kreaturen, die sich wild herumfuchtelnd unten an den Stämmen versammelt hatten, zum Abschied zu.

„Danke, meine Lieben! Danke, dass ihr uns huldigt!"

„Wir sind fast oben!", verkündete Ophelia fröhlich.

„Halt dich fest", ermahnte Frigel seinen Hund, den er ohne große Umstände in seine Tasche gestopft hatte.

„Wuff", Fluffy hatte verstanden. Frigel brach eines der mächtigen Eichenblätter heraus. Die Kinder schlüpften durch das so entstandene Loch – und befanden sich auf dem Dach des Waldes.

Ein gewaltiges Erlebnis. Von der Dunkelheit kamen sie in die Sonne, von beklemmender Geschlossenheit in die Weite des blauen Himmels. Die Wipfel formten eine einzige große, grüne Baumkrone, die fast massiv wirkte.

Jenna begann erneut zu lachen, ohne speziellen Anlass, nur aus Freude daran, frei zu sein unter der Unendlichkeit des Himmels. Erleichtert ließen sich die vier Kinder auf die Blätter fallen und blieben still sitzen, damit sich ihre Ängste in den warmen Sonnenstrahlen verflüchtigen konnten.

„Also, der dichte Wald, das ist nicht mein Blockding", zog Frigel schließlich sein Resümee.

„Was für ein abscheulicher Ort!", stimmte Jenna ihm zu. „Eine Art Gefängnis, düster und unendlich."

„In der Scheune haben wir über Strategien geredet, aber heute nichts davon angewandt", schimpfte Ophelia. „Deshalb wäre es fast zur Katastrophe gekommen."

„Oh, verzeih uns, vernünftige Ophelia", spottete Erik. „Wir waren gestern Abend bloß geringfügig abgelenkt von Hühnern, einem Zombiekind, einem Creeper, einem Skelett und der zarten Stimme von Martha der Milden."

„Sowie von einem Kuss und Jennas magischen Kräften", fügte Ophelia in Gedanken hinzu, begnügte sich jedoch mit der Antwort:

„Wir brauchen jetzt eine Strategie."

„Du hast recht", meinte Frigel und sprang auf.

Mit aller Kraft sprang er auf den grünen Fußboden: Die Blätter wogten hin und her, gaben aber nicht nach. Der Junge machte einen Schritt nach links, einen zweiten … Das Blattwerk hielt.

„Wir können auf dem Dach des Waldes laufen, ohne hinunterzufallen", verkündete er.

Nun prüften die drei anderen die Festigkeit der Blätter. Jenna sprang fröhlich auf und ab, während

Ophelia mehr Vorsicht walten ließ. Frigels Urteil wurde bestätigt und die Kinder entschieden sich für eine neue Suchmethode. Frigel sollte auf dem Blätterdach weitergehen und nach dreißig Blöcken mit Fluffy im Gepäck zum Waldesgrund hinabklettern, damit der Hund den Boden nach Spuren abschnüffeln konnte. Anschließend würde er wieder hochsteigen und den Vorgang alle dreißig Blöcke wiederholen. Jenna sollte ihn mit dem Bogen in der Hand decken, während Erik und Ophelia zurückblieben.

Das ständige Hinunter- und Hochklettern war unglaublich anstrengend. Zum Glück meldete Fluffy schon nach dem vierten Abstieg mit einem aufgeregten „Wuff", dass er im Laub eine Fährte gefunden hatte.

„Bravo, mein Hund!", flüsterte Frigel.

Er rief nach Jenna, die hochbeglückt und in Windeseile von ihrem Baum herunterkletterte.

„Glückwunsch, Fluffy!"

Der Hund nahm stolz die Fährte auf, dicht gefolgt von den beiden Kindern. Vorsichtig bewegte sich die Gruppe im dunklen Wald fort. Es ging bergauf, zunächst nur sanft, dann steiler. Fluffy lief zielstrebig voran. Das aus der Ferne herüberschallende Stöhnen der Zombies begleitete ihre Schritte.

„Wir sollten uns nicht zu weit entfernen", flüsterte Jenna. „Wir wissen nicht, auf was wir sto…"

Sie stockte. Neben ihr blieb Frigel abrupt stehen.

Auf einem Birkenstamm nahe einer senkrecht abfallenden Felswand war eine schwarze Rose in die Rinde geritzt. Und dort stand ein riesiges Gebäude aus dunklem Holz zwischen den Eichen, eine Art schlafendes Monster.

Sie hatten das Waldanwesen der schwarzen Rose entdeckt.

Kapitel 21

„Die brauchen aber lange", brummte Erik, ausgestreckt auf einem riesigen Blatt oben auf der Krone der Bäume.

Seine sehr helle Haut wurde rot von der Sonne und Ophelia betrachtete ihn belustigt.

„Erik, ich wollte dir danken. Du hat einen klaren Kopf bewiesen, als du uns vorhin beschützt hast."

Erik sah Ophelia erstaunt an. Das Mädchen erklärte:

„Du verabscheust es, zu flüchten ‚wie ein Feigling', du hättest lieber gegen die Zombies gekämpft, und trotz allem hast du geschickt den Rückzug eingeleitet, damit wir nicht angegriffen werden."

Erik schloss die Augen wieder.

„Anders als du denkst, bin ich kein Volltrottel."

Seine Bitterkeit war nur allzu deutlich spürbar und das Mädchen versuchte sich zu erklären.

„Aber ganz und gar nicht! Ich habe nie gedacht, dass du dumm bist. Letztlich fand ich dich sogar etwas zu schlau, als Frigel und ich noch mit dir verfeindet waren."

Erik lachte spöttisch, ohne die Lider zu heben. Ophelia führte ihren Gedanken weiter:

„Es ist nur, dass du Mut für entscheidend hältst und ich das Nachdenken. Das macht mir Sorge. Nun ja, ich ... ähm ..."

„Ich bin der Nachkomme von Harold dem Mutigen, dem Gründer des Dorfes Lanniel", erklärte der Junge, ohne seine Position zu verändern. „Natürlich ist Mut wichtig für mich. Wenn du das nicht verstehst, Ophelia, brauchen wir gar nicht weiter zu diskutieren."

„Weißt du was?", erwiderte das Mädchen, während es wütend aufsprang. „Ich versuche nett zu sein, das ist ein Fehler. Und du hast recht, du bist ein Volltrottel."

„Du versuchst nett zu sein? Wirklich?", auch Erik stand nun auf. „Dabei stellst du dich aber nicht sehr geschickt an. Du öffnest den Mund doch nur, um mir Vorwürfe zu machen und ..."

Zum Glück drang in diesem Moment Frigels Stimme durch die Blätter nach oben.

„Ophelia! Erik! Kommt schnell!"

Die beiden Kinder hangelten sich in aller Eile die Äste hinunter und folgten Frigel bis zu Jenna, die sich unter einem Riesenpilz versteckt hatte. Frigel zeigte mit einem Schaudern auf das düstere Gebäude vor ihnen.

„Das Waldanwesen", flüsterte Ophelia.

Aus dem Inneren waren nun Schreie zu hören, das laute Stöhnen von Zombies und menschliche Klagelaute, hin und wieder auch das verzweifelte Bellen eines Hundes oder einer Hündin. Fluffy wollte hinrennen; Frigel hielt ihn fest, konnte ihn jedoch kaum bändigen. Das arme Tier wehrte sich verzweifelt.

„Warte, Fluffy, warte", flüsterte der Junge. „Nein! Du stürzt dich da nicht einfach so rein!"

„Dieser Ort lässt mir die Haare zu Berge stehen", murmelte Erik.

„Wir haben durch die Fenster gespäht", erklärte Jenna in düsterem Ton. „Da wimmelt es nur so von Zombies. Außerdem tummeln sich dort mit Äxten bewaffnete Illager[5]. Wir haben keinen Hund gesehen, aber ich konnte Kinder erkennen, die festgebunden waren, zweifellos jene, die aus Burg Spinnar verschwunden sind. Und Thia ist vielleicht eine von ihnen! Wenn sie noch am Leben ist."

„Du glaubst, dass sie zusammen mit den anderen dort gefangen gehalten wird?", murmelte Ophelia erschüttert.

Eine Stille des Entsetzens lastete auf der Gruppe. Frigel schüttelte den Kopf.

„Die Silbergarden!", rief er. „Sie werden uns helfen!"

Ophelia und Jenna sahen sich alarmiert an. Die Aufgabe der Silbergarden bestand in der Verfolgung und Inhaftierung von Magiern. Sie hierherzuholen, in die Nähe von Jenna, stellte ein ernsthaftes Risiko dar! Aber es war die einzige Lösung. Erik war bereit, nach Lanniel zu laufen. Jenna schob einen schmerzenden Fuß vor, damit sie ihn nicht begleiten musste. Um alle weiteren Fragen zu vermeiden, erbot sich Ophelia mitzukommen.

Erik und Ophelia machten sich auf ins Dorf. Frigel und Jenna blieben allein beim Waldanwesen zurück.

---

5. Illager sind gewalttätige Dorfbewohner, die von ihrer Gemeinschaft verstoßen wurden. Ihre Haut ist gräulich, ihr Herz von Hass zerfressen. Wenn sie Menschen sehen, stürzen sie sich auf diese, oft mit einer Axt in der Hand. Ihre Absichten sind alles andere als friedlich!

KAPITEL 22

Die Stunden vergingen. Das bedrohliche Stöhnen der Zombies lag in der Luft, hinzu kamen weitere seltsame Laute und gelegentlich das traurige Bellen der Hündin. Fluffy versuchte ständig, aus Frigels Armen zu entkommen; auch die liebevollen Worte des Jungen vermochten ihn nicht zu beruhigen. Das Bellen im Waldanwesen wurde heftiger, man konnte fast meinen, es gäbe einen Zusammenhang mit der Nervosität des Hundes.

„Vielleicht kann sie ihn riechen", flüsterte Jenna.

Frigel guckte sie fragend an.

„Wenn Fluffys Mutter dort hinten eingesperrt ist, könnte sie ihren Sohn doch womöglich am Geruch erkennen und ihn rufen …", erläuterte das Mädchen.

Nach diesen Worten wehrte sich Fluffy noch stärker gegen den Griff seines Herrchens.

„Nur noch ein paar Minuten", versuchte Frigel seinen Hund zu besänftigen.

„Sie sollten schon hier sein", murmelte Jenna besorgt. „Erik und Ophelia müssten eigentlich schon zurück sein."

Frigel pflichtete ihr bei. Er seufzte und sagte:

„Danke, dass du mit mir hiergeblieben bist, Jenna. Dies ist ein finsterer Ort. Ganz allein hätte ich … sagen wir, es wäre trostlos gewesen."

Jenna blickte ihn ernsthaft an.

„Frigel, lass uns einen Pakt schließen."

„Einen Pakt?", wiederholte der Junge überrascht.

„Versprich mir, dass wir immer Freunde bleiben, egal was passiert. Selbst wenn wir in großer Gefahr sind. Selbst wenn einer etwas Schwerwiegendes über den anderen erfährt."

„Aber natürlich", antwortete Frigel, aufs Neue erstaunt.

„Schwörst du es?", fragte Jenna.

„Ich schwöre es", sagte der Junge und reichte ihr die Hand.

Jenna erwiderte seinen Händedruck. Frigel verspürte ein seltsames Gefühl der Rührung. Das war ein echter Eid des Vertrauens, den er gerade ausgesprochen hatte. Er lächelte schüchtern und seine Freundin lächelte zurück.

„Weil", begann sie mit zittriger Stimme, „Frigel, ich wollte dir sagen ..."

Sie unterbrach ihren Redefluss – im Waldanwesen wurden Gesänge angestimmt, begleitet von einer Art Trommeln. Es klang so, als würde jemand im Rhythmus auf Holzblöcke schlagen. Das Gebell wurde dringlicher, ging durch Mark und Bein, die Schreie der Kinder und die Rufe wurden lauter. Fluffy unternahm einen weiteren vergeblichen Versuch, sich zu befreien, dann biss er Frigel heftig in die Hand. Der Junge war so schockiert, dass er seine Umklammerung lockerte. Ohne sich auch nur umzusehen, raste Fluffy pfeilschnell davon und in das Gebäude hinein.

„Fluffy!"

Sein Freund hatte ihn gebissen. Frigel konnte es nicht fassen.

„Frigel, da geht was vor sich!“, rief Jenna. „Sie tun den Kindern Leid an.“

Die beiden Freunde tauschten einen Blick und schon rannten sie los zum Waldanwesen. Frigel musste mit Gewalt drücken, bevor sich die Tür öffnen ließ. Im riesigen Eingangsbereich aus Holz und Stein führte eine mächtige Treppe nach oben, doch die Musik und die Schreie kamen aus dem Erdgeschoss. Und Fluffy war weit und breit nicht in Sicht. Frigel, der nach dem Biss immer noch durcheinander war, brauchte einen Moment, bevor er merkte, dass zwei Zombies direkt auf sie zukamen.

„Frigel, Achtung!“, rief Jenna ihrem sichtlich zerstreuten Freund zu.

Der Junge trat der ersten Kreatur mit erhobenem Schwert entgegen, doch er war nicht ganz bei der Sache. Und es näherten sich bereits weitere Feinde.

„Deine Spitzhacke!“, rief Jenna. „Gib mir deine diamantene Spitzhacke!“

Frigel warf sie ihr zu. Dann versuchte er unbeholfen, die Untoten zurückzudrängen, während Jenna sich an der Treppe zu schaffen machte. Im Nu hatte sie die untersten Stufen herausgehauen und mit dem Holz verbarrikadierte sie die beiden Türen, eine auf der linken, eine auf der rechten Seite, damit keine weiteren Monster hereinkommen und die Kinder angreifen konnten. Schließlich holte Jenna ihren Bogen hervor und erledigte einen Zombie, derweil Frigel noch immer mit dem anderen beschäftigt war. Er tat sich schwer. Seine Waffe aus Holz hatte keine große Schlagkraft, zudem war er ja erst zehn Jahre alt. Am Ende war es ein weiterer Pfeil von Jenna, der die Kreatur zur Strecke brachte.

Außer Atem lehnte sich Frigel gegen die Wand.

„Danke, Jenna", sagte er „Ohne dich ..."

„Ein Pakt ist ein Pakt!", verkündete das Mädchen.

Die Monster drängten sich an den Absperrungen zusammen, drückten dagegen, rieben ihre ekelhaften Gliedmaßen an den Blöcken.

„Wir verlieren zu viel Zeit", meinte Jenna besorgt. „Wenn Thia in Gefahr ist ..."

Der Junge nickte und untersuchte den Boden.

„Mit Gewalt kommen wir nicht hinein", erklärte er, „aber mit Scharfsinn können wir es schaffen."

Er zeigte in Richtung Norden.

„Dort ist es! Na ja, zumindest glaube ich das."

Als er im dichten Wald, von Spinnen verfolgt, einen Tunnel gegraben hatte, war es mit Frigels Orientierungssinn nicht zum Besten bestellt gewesen, was ihn fast das Leben gekostet hätte.

Er hob seine Spitzhacke und begann zu graben. Er hoffte, dass er sich dieses Mal nicht in der Richtung täuschte.

Kapitel 23

Währenddessen bereitete sich Saroun der Großartige in der weiträumigen Halle des Waldanwesens der schwarzen Rose darauf vor, seine Gefangenen zu opfern.

Vor ihm versammelt sangen die Illager der Bruderschaft der schwarzen Rose.

Sie waren zwar alle verrückt oder Zombies, doch das störte Saroun nicht. Hauptsache, sie beteten ihn an und dienten ihm. Die fünf Kinder aus Burg Spinnar, die Saroun im Wald hatte entführen lassen, waren am Opfertisch festgebunden. Sie würden seine ersten Opfer sein, dann sollten die Hündin und ihre Jungen, die noch oben waren, folgen. Das Lebenselixier der Opfer würde sich in dem Totem der Unsterblichkeit, das im Hauptraum auf Saroun wartete, verdichten und dessen Macht um ein Zehnfaches vermehren. Wenn er, Saroun, das Totem dann in die Hand nehmen würde, hätte er die ewige Unsterblichkeit erreicht!

Saroun hielt dies für einen hervorragenden Plan. Allerdings hatte das Ritual trotz zahlreicher Opfer bisher nie etwas bewirkt. Vielleicht stellte er sich ungeschickt an, vielleicht funktionierte das Totem der Unsterblichkeit anders, als er dachte, vielleicht existierte die Magie gar nicht oder nicht mehr, seitdem die Magier eingesperrt oder verbannt worden waren.

(Oder vielleicht war er, Saroun, schlicht ein Versager ohne jedes Talent. Doch diese Erklärung war so unerfreulich, dass er sie lieber gar nicht erst in Betracht zog.)

Aber nein! Dieses Mal würde es klappen! Der Rhythmus der Gesänge war intensiver geworden, entfaltete eine berauschende Wirkung.

„Macht euch bereit, meine Brüder", verkündete Saroun mit bebender Stimme.

Saroun, herausgeputzt in seinem weißen Gewand, hob das Schwert über die Köpfe der Kinder.

„Fünf Tote für ein Leben! Dieses Mal werde ich ..."

Der Boden zu seinen Füßen gab nach. Mit einem spitzen Schrei fiel Saroun der Großartige in den Tunnel, den Frigel und Jenna, von seinem Fall ebenso überrascht wie er, gerade hatten verlassen wollen.

KAPITEL 24

Frigel und Jenna erstarrten, als sie sahen, wie ein weiß gekleideter, magerer und etwas lächerlich wirkender Mann ungelenk in dem Loch landete, das sie gerade geschaffen hatten. Die gefangenen Kinder hoben erstaunt die Köpfe. Die Illager hörten auf zu singen.

Und die Silbergarden, die Erik und Ophelia hergeführt hatten, strömten zum Angriff ins Waldanwesen.

Das Chaos war vollkommen. Die königlichen Wachen, Ehrfurcht gebietend in ihren makellosen Mänteln, waren beachtliche Kämpfer und führten ihre blitzenden Schwerter mit großer Härte. Das hinderte die Illager jedoch nicht daran, sich auf sie zu stürzen, denn in ihrem Irrsinn waren sie sich der Gefahr gar nicht bewusst. Das Stöhnen der Untoten, die Befehle und das Rasseln der Waffen vermischten sich mit den Schreien. Am Opfertisch rief ein gefesseltes braunhaariges Mädchen um Hilfe.

„Thia!", rief Jenna. „Ich komme!"

Sie sprang blitzschnell aus dem Tunnel und ließ Frigel allein mit dem Mann in Weiß.

„Ich bin Saroun der Großartige!", erklärte der Unbekannte. „Du wirst den Tod finden, Eindringling!"

Saroun richtete sich in dramatischer Manier auf, um sich sogleich mit den Füßen in seiner weißen Robe zu verheddern und jämmerlich hinzufallen, wobei ihm sein Goldschwert entglitt.

„Ähm … vielen Dank", sagte Frigel höflich.

Er packte die Waffe, stieg auf den Rücken seines Widersachers, schlüpfte aus dem Loch und machte sich davon. Saroun ließ er zurück. Im Saal tobte der Kampf.

„Fluffy!", rief Frigel verzweifelt.

Keine Spur von seinem Freund. Jenna hatte Thia von ihren Fesseln befreit. Ihre Freundin umarmte sie und berichtete voller Grauen:

„Saroun, der Mann in Weiß, er besitzt eine kleine Statue, die er Totem nennt. Er will ihr das Leben der Kinder und Tiere einhauchen."

Frigel drehte sich um, von Grauen gepackt.

„Tiere? Wo hält er sie fest?"

„In der ersten Etage", antwortete Thia.

Frigel rannte zum zweiten Mal in einer Stunde wie verrückt los. Ophelia, die sich an der anderen Seite des Raums nahe den Silbergarden in Sicherheit befand, rief:

„Frigel!" Dann sagte sie wie zu sich selbst: „Aber was macht er denn da?"

„Ein hübscher Slalom", meinte Erik anerkennend.

Das stimmte, Frigel schlängelte sich geschickt zwischen den Untoten, den vom Irrsinn gezeichneten menschlichen Lebewesen und den unbarmherzigen Wachen hindurch, ohne dass ihm jemand zu nahe kam. Als er durch die Tür nach nebenan rannte, rief Ophelia erneut:

„Frigel!"

„Er ist verrückt ... Man muss ihn bremsen", sagte sie zu Erik. Dieser drehte sich zu seinem Onkel Moran um.

„Ein Freund ist in Gefahr! Wir kommen wieder!", teilte er ihm mit.

Jenna stieß zu Erik und Ophelia und alle drei rannten ihrem Freund hinterher.

„NEIN! Ihr bewegt euch nicht vom Fleck! Jenna! Erik! Kommt zurück!", befahl Moran.

Zu spät. Die Kinder waren bereits in den Gängen verschwunden. Der Hauptmann der Silbergarden, ein großer Mann mit einem verhärteten Gesicht, kam zu Moran.

„Ein wahrer Hort der Geistesgestörten", knurrte er. „Da sieht man, wohin die Magie führt. Schaff Kohle herbei, Moran!", fügte er hinzu und machte eine Handbewegung, die das ganze Waldanwesen umfasste. „All das werden wir verbrennen, du wirst sehen …"

Moran sah ihn entsetzt an.

„Aber mein Neffe und meine Nichte sind noch da drin. Sie suchen …"

„Die Kreaturen versuchen zu fliehen", schnitt ihm der Hauptmann in eisigem Ton das Wort ab. „Und wir sind zu wenige, um sie in Schach halten zu können. Wenn die Monster nun nach Burg Spinnar strömen, wer ist dann verantwortlich?!"

Trotz Morans verzweifelter Einwände gab der Offizier seinen Untergebenen den Befehl:

„Los, brennt mir dieses stinkende Loch nieder!"

Die Silbergarden gehorchten. Sie holten die Kohle und Eriks Onkel musste mit ansehen, wie die Flammen am Holz emporzuzüngeln begannen.

KAPITEL 25

„Frigel!", rief Jenna, als die drei Kinder die Eingangshalle erreichten.

Der Junge hatte seine diamantene Spitzhacke in der Hand und war dabei, die Treppe instand zu setzen. Außer Atem erklärte er:

„Fluffy ist da oben! Die Hündin zweifellos auch. Und Horden von Monstern, vermute ich."

„Und du wolltest dich da ganz allein vergnügen?", sagte Erik vorwurfsvoll. „Ohne uns?"

„Was für ein Egoismus!", fügte Jenna scherzhaft hinzu.

Frigel, der gerade die letzte Stufe repariert hatte, war zu besorgt, um zu scherzen. Gerührt betrachtete er seine Freunde.

„Danke", flüsterte er.

„Stets zu deiner Verfügung", sagte Ophelia und legte die Hand an die nicht vorhandene Kappe. „Aber unter einer Bedingung: dass du keine Risiken in Kauf nimmst, die nicht ab…"

Eine tiefe Stimme unterbrach sie.

„Hier kommt ihr nicht durch!"

Oben auf der Treppe ragte die große, weiße Silhouette von Saroun dem Großartigen empor.

„Er muss den Tunnel genommen haben", flüsterte Jenna Frigel zu.

Saroun war nicht bewaffnet, durchbohrte die Kinder aber mit Blicken und hob drohend seine Hand.

„Zurück, ihr Küchenschaben! Mein Totem berührt ihr nicht! Mit meiner großen Macht werde …"

Oben erhob sich ein herzzerreißendes Bellen.

„Fluffy!", schrie Frigel.

Der Junge rannte die Treppe hinauf und rempelte Saroun an, Ophelia folgte und verpasste ihm einen wütenden Rippenstoß, bevor Erik ihm im Vorbeilaufen auf die Füße trat, ihn brüsk beiseiteschob und meinte:

„Hau ab hier, du Clown! Wir haben es eilig."

Saroun kippte vornüber die Treppe hinunter und prallte mit einem spitzen Schrei hart unten auf dem Boden auf. Jenna konnte sich ein „Entschuldigung, mein Herr" nicht verkneifen, bevor sie zu den anderen aufschloss.

„Und nochmals danke für das Schwert", legte Frigel noch eins drauf.

Saroun blieb wie betäubt unten liegen, während die Kinder die erste Etage erreichten.

Kapitel 26

Der Ort war finster und bedrohlich. Der zentrale Flur bildete ein Quadrat und an seinen Ecken öffnete sich jeweils ein dunkler Raum mit unheimlichem Innenleben: angekettete Monster, Arenen, in denen Skelette ihre Runden drehten. Die Kinder rückten vorsichtig vor. Erik schaute hinter eine große Eichentür und schreckte zurück.

„Achtung!", flüsterte er. „Ein Enderman!"

Den drei anderen lief es eiskalt den Rücken herunter und sie beeilten sich weiterzugehen.

„Warum hält man einen Enderman gefangen?", fragte Jenna im Flüserton, als sie ein Stück entfernt waren.

„Ich bin mir nicht mal sicher, ob es ein Gefangener ist", antwortete Erik, immer noch fröstelnd. „Er ist einfach ... da, in dem Raum ... und wartet."

Frigel brummelte:

„Warum hält man angekettete Monster? Warum opfert man Kinder und Hunde? Wir sind im Unterschlupf der Durchgedrehten, das ist die ganze Erklärung."

„Es ist dieser Wald", urteilte Jenna. „Die Finsternis. Sie macht die Leute verrückt, das ist doch klar. Stellt euch vor: darin leben, nie das Sonnenlicht sehen ..."

Sie unterbrach sich, legte die Stirn in Falten.

„Feuer", sagte sie leise. „Es kommt zu uns hoch, ich spüre es ..."

Ophelia warf ihr einen warnenden Blick zu. Jenna wurde rot und fügte rasch hinzu:

„Ich wollte sagen: Habt ihr nicht das Gefühl, dass es nach Rauch riecht?"

Tatsächlich wurde der Brandgeruch immer deutlicher. Die vier Kinder sahen einander entsetzt an.

„Die Silbergarden!", rief Erik. „Sie setzen das Waldanwesen in Brand."

„FLUFFY!", schrie Frigel, der immer panischer wurde.

„Leiser!", flüsterte Ophelia. Du lockst die Monster an!"

Zu spät. Durch den Lärm aufmerksam geworden, kamen drei Zombies und ein geistesgestörter Illager, der mit einer Axt bewaffnet war, aus dem nächstgelegenen Raum. Glücklicherweise ertönte erneut Gebell, das den Kindern die Richtung wies. Sie flüchteten vor den Monstern und ließen sich von dem Bellen leiten. In der Mitte des Flurs öffnete sich ein weiter Gang, der in das Innere des unheimlichen Gebäudes führte.

„Schaut mal!", rief Jenna.

Flammen züngelten im Flur auf dem vielen Holz, andere schlugen durch ein Fenster herein. Die Silbergarden hatten offensichtlich mehrere Brandherde gelegt, damit sich das Feuer schneller ausbreitete. Frigel war schon auf dem Weg ins Innere des Waldanwesens.

„Frigel!", protestierte Ophelia. „Wenn wir uns in die Tiefen des Hauses begeben, werden uns die Flammen einkreisen!"

Doch die Monster näherten sich und ein weiterer Ruf von Fluffy hallte wider. Ohne Rücksicht auf die Gefahr rannten die vier Freunde in den finsteren, hallenartigen Gang hinein. Die Decke war hoch und die Regale an den mit Kreuzen und Symbolen versehenen Wänden waren mit rätselhaften Büchern vollgestellt. Unter anderen Umständen wäre Ophelia fasziniert gewesen, doch in dieser Situation dachte sie nur daran, dass Papier gut brannte.

Der Gang war um sich selbst gewunden, es war stickig vor Rauch. Um sie herum knisterten die Flammen. Frigel fühlte, wie ihm die Tränen in die Augen traten, und das nicht nur wegen des Rauchs. Wenn sie nun zu spät kamen? Wenn Fluffy den Flammen zum Opfer fiel? Ihre letzte „Unterhaltung" wäre dann ein Biss gewesen. Frigel würde seinen besten Freund verlieren, ohne dass sie sich versöhnt hatten. Und dann dieser verdammte Gang, der kein Ende zu nehmen schien!

„Wartet!", rief Erik.

Die anderen drei sahen ihn erstaunt an.

„Wir halten uns ständig links", erklärte er. „Wir bewegen uns in einer Spirale!"

Er zeigte auf die Wand.

„Wenn wir sie hier durchbrechen ..."

„Gut beobachtet, Brüderchen", lobte Jenna, worauf Erik nicht wenig stolz erwiderte:

„Mein Orientierungssinn ist hervorragend. Es ist ein bisschen so, als hätte ich einen inneren Kompass."

Frigel holte seine Spitzhacke hervor und machte sich über das Holz her. Er durchlöcherte erst eine, dann eine zweite Wand. Das Gebell wurde lauter.

Ein letzter Hieb mit der Spitzhacke und sie standen im zentralen Saal. Eine verletzte Hündin war an einem Altar festgebunden, umgeben von vier winzigen Welpen. Fluffy war an ihrer Seite und knurrte, wollte sie beschützen.

Und sieben hungrige Zombies waren gerade im Begriff, sich auf sie zu stürzen.

Kapitel 27

Frigel schrie auf und warf sich, ohne zu überlegen, ins Gemenge, Erik und Jenna folgten ihm, während Ophelia ihren Bogen hervorholte. Keine Zeit, einen Plan zu entwerfen! Ein Zombie griff sich einen Welpen und trug ihn im Maul davon. Frigel war außer sich vor Wut und schlug ihm sein Schwert ins Gebiss. Der Zombie ließ das zarte Wesen fallen und wandte sich dem Jungen zu, der sogleich von drei weiteren Monstern umstellt war. Fluffy eilte ihm unter wütendem Gebell zu Hilfe

und biss alles, was nicht nach Mensch aussah. In dem Moment wollte ein anderer Untoter seine Zähne in die Flanke der Hündin bohren. Frigel löste sich von seinen Feinden und erwischte ihn gerade noch rechtzeitig, während Erik eines der Monster erlegte und Ophelia ihre Pfeile abschoss.

Um sie herum gewann das Feuer an Boden. An den Wänden schien die Luft zu brennen. Frigel, gefangen in einem Wald von Zähnen und hungrigen Kiefern, schlug blindlings mit seinem Schwert um sich. Ein weiterer Zombie war erledigt. Ein winziger Welpe mit weißgoldenem Fell heulte erbärmlich, als eines der Monster mit seinen fleischlosen Händen nach ihm griff.

Ein Pfeil bohrte sich in dessen Brust. Ophelia schrie: „Wir müssen hier raus! Wir verbrennen!"

„Ich trage die Welpen!", entschied Jenna.

„Ich nehme die Hündin!", rief Frigel, der Erik seine Spitzhacke zuwarf. „Führ du uns zum Ausgang!"

Fluffy hörte nicht auf, an den Zombies rumzureißen, so wütend hatte ihn Frigel noch nie erlebt. Unter dem Schutz von Ophelia näherte sich Frigel der verletzten Hündin, deren große, braune Augen auf ihm ruhten. Aus der Nähe betrachtet, war ihre Ähnlichkeit mit Fluffy verblüffend.

„Guten Tag", sagte der Junge mit sanfter Stimme. „Ich heiße Frigel und ich bin der beste Freund Ihres Erstgeborenen. Wenn er mich nicht gerade beißt ..."

Die Hündin ließ ein langes Heulen hören und Frigel konnte nicht anders, als ihr den Kopf zu streicheln.

„Dafür ist jetzt keine Zeit!", protestierte Jenna, die versuchte, die Zombies auf Abstand zu halten.

Auf dem Altar stand direkt neben der Hündin eine merkwürdige Figur. Sie war in Beigetönen gehalten und hatte funkelnde grüne Augen. Ohne nachzudenken, steckte Frigel sie in die Tasche und nahm dann die verletzte Hündin vorsichtig auf den Arm, während Jenna die Welpen einsammelte.

„Hier lang!", rief Erik vom anderen Ende des Raums.

„Wir kommen hier heil raus, meine Liebe!", flüsterte Frigel der Hündin zu. „Du wirst sehen, Fluffy und ich, wir sind unschlagbar!"

„Wuff!", bellte Fluffy.

Wie um seinen Optimismus zu untergraben, begann der Boden unter Frigels Füßen zu brennen. Er lief, ohne nach links und rechts zu schauen, Fluffy an seinen Fersen, der Stimme von Erik nach und konnte in dem Flammenmeer nur gerade noch die Umrisse von Jenna und Ophelia ausmachen.

Die Hündin vor seiner Brust fühlte sich ganz heiß an. Sie mussten irgendein Fenster finden. Dann würden sie eine Leiter nach unten bauen. Und ... dort! Tageslicht!

„Wir haben es geschafft", rief Frigel und rannte zu der Öffnung.

Fluffy bellte an seiner Seite. Frigel setzte die Hündin ab und brachte per Hand einige Blöcke an, um nicht zu tief zu fallen. Dann nahm er Fluffys Mutter wieder auf den Arm, ließ sich nach unten purzeln, gefolgt von seinem Hund. Sie standen draußen in der frischen Luft, am Fuß des Waldanwesens im grünen Laub nicht weit von der Felswand entfernt.

Gerettet!

Frigel nahm einen tiefen Zug Sauerstoff und setzte die Hündin vorsichtig auf den Boden, bevor er sich zu dem brennenden Waldanwesen umdrehte.

„Jenna!", rief er. „Reich mir die Welpen runter!"

„Wuff!", bekräftigte Fluffy.

Keine Antwort. Frigel schaute entsetzt zum ersten Stock hoch.

Dort war niemand.

Er hatte seine Freunde in den Flammen verloren.

Kapitel 28

„Frigel ist verschwunden!", rief Jenna, die planlos durch die brennenden Gänge irrte und dabei die Welpen fest an sich drückte.

„Er ist da raus! Glaube ich zumindest", erwiderte Ophelia.

Jenna tastete sich in die angegebene Richtung vor und entfernte sich dabei von den beiden anderen. Ophelia versuchte sich die Aufteilung des ersten Stockwerks ins Gedächtnis zu rufen. Erik erhob die

Spitzhacke und wandte sich der nördlichen Mauer zu. Er rief:

„Vertraut mir! Ich führe euch hier raus, in einer Minute ..."

„Erik, NEIN!, schrie Ophelia. „Das ist der Raum, in dem der Ender..."

Doch Eriks Spitzhacke war schon in die Wand gedonnert und der Junge schlüpfte, ohne nachzudenken, durch das Loch.

Der Enderman drehte sich um.

Erik sah ihm direkt in die Augen.

Fassungslos musste Ophelia das Geschehen mit ansehen. Es glich einem in einzelne Szenen zerrissenen Albtraum.

Der Raum stürzte in sich zusammen, die Holzblöcke lösten sich in den Flammen auf, Jenna war nirgends zu sehen. Erik, starr vor Entsetzen, blieb zunächst wie angewurzelt stehen. Dann hob er sein Schwert – das war tapfer und aussichtslos zugleich. Der Enderman stürzte sich mit einem grauenhaften Krächzen auf ihn. Das Monster erwischte ihn, Erik heulte auf vor Schmerz, stieß dann mit der Klinge fast blindlings zu, während der Enderman sich zum tödlichen Schlag bereit machte. Mit einem Aufschrei schoss Ophelia ihren Pfeil ab, doch der Enderman teleportierte sich, bevor das Geschoss ihn erreicht hatte. Er erschien neben dem Mädchen und Erik schrie mit schmerzverzerrtem Gesicht:

„Ophelia!"

Das Mädchen entzog sich dem Monster im letzten Moment mit einem Sprung nach vorn. Erik, geschwächt und leichenblass, lief mit dem Schwert in der Hand herbei. Er schlug zu und traf wie durch ein Wunder tatsächlich die Kreatur, die sich erneut teleportierte. Erik taumelte. Ophelia rannte zum Fenster.

„Hier lang!"

Der Enderman erschien direkt hinter Erik.

Ophelia dachte nicht nach, prüfte nicht die Risiken, analysierte nicht die Situation, wog nicht das Für und Wider ab. Mit dem Aufschrei „JENNA! Hilfe!" warf sie sich zwischen den Enderman und ihren Freund, den sie in letzter Sekunde außer Reichweite schubste. Erik und Ophelia fanden sich auf dem Boden wieder. Erik sah sie mit umnebelten Augen an.

„Danke ...", flüsterte er.

Er verlor das Bewusstsein. Die Flammen hüllten die Kinder nun gänzlich ein. Der Enderman weidete sich an dem Spektakel und machte sich bereit, die beiden endgültig fertigzumachen ...

Alle Flammen verwandelten sich in Grundgestein.

Im Raum war kein Feuer mehr zu sehen.

Ophelia war fassungslos. Eine tödliche Stille senkte sich nieder. Jenna näherte sich mit funkensprühenden Händen und Augen, die glänzten wie geschmolzenes Metall. Sie hob die Arme … und vor den Augen ihrer faszinierten Freundin erschien eine Feuerkugel in ihren Händen. Ophelia hielt den Atem an. Mit einem heiseren Schrei schmetterte Jenna die Feuerkugel auf den Enderman.

Die Kreatur stieß ein düsteres Krächzen aus, die Flammen zischten um sie herum … und sie verschwand.

Eine Enderperle fiel zu Boden.

Ophelia schlug das Herz bis zum Hals. Jenna kam zu ihr, bleich wie ein Skelett ging sie über das Grundgestein.

Dann ließ sie sich neben Ophelia zu Boden fallen.

„Erik?", fragte sie flüsternd.

„Er hat nichts mitbekommen", antwortete Ophelia. „Er hat sich den Kopf angeschlagen."

„Ich habe die Flammen hinuntergeschluckt …", stammelte Jenna mit einem Schaudern. „Und dann habe ich … Ich bin ein Monster …"

„Nein! Du hast das Monster *getötet*", erklärte Ophelia mit bebender Stimme. „Jenna, du hast uns das Leben gerettet!"

Jenna warf sich in ihre Arme und beide Mädchen begannen zu schluchzen, ohne wirklich zu wissen, warum.

Kapitel 29

Frigel wollte zurück ins Waldanwesen, um seine Freunde zu suchen. Er bereitete sich gerade darauf vor, zur ersten Etage hinaufzuklettern, als hinter ihm ein schrilles Bellen erklang, gefolgt von einem Wimmern.

Dann: nichts mehr.

Beunruhigt drehte sich der Junge um. Der Mann in Grau stand hinter ihm. Er trug keine Waffe. Fluffy hielt er im Arm, mit einer Hand drückte er ihm die Schnauze zu, mit der anderen streichelte er das arme Tier an der Brust.

„Diese Tiere sind sehr verletzlich, wenn man so darüber nachdenkt", erklärte der Mann in Grau. „Es bedarf nur wenig, um ihnen das Leben zu nehmen ..."

Frigel war sprachlos. Dann erhob er sein Schwert.

„Geben Sie mir meinen Hund zurück!"

„Habe ich euch nicht gesagt, dass ihr dem Waldanwesen fernbleiben sollt?", meinte sein Gegenüber.

„Ich ... ich verstehe es nicht", sagte Frigel. „Sind Sie auf Sarouns Seite?"

„Ganz bestimmt nicht!", antwortete der Mann in Grau voller Verachtung. „Dieser Dummkopf und seine Bruderschaft der Verblödeten. Na, vielen Dank!"

Fluffy wehrte sich, versuchte die Unterhaltung zur Flucht zu nutzen, aber der Mann in Grau drückte ihm die Schnauze nur noch fester zu. Von einem Riesenpilz verborgen, kroch die verletzte Hündin unbemerkt näher.

„Aber warum bloß?", wollte der Junge wissen. „Sie sind kein grausamer Mensch. Sie haben mir das Leben gerettet, als die Spinnen mich verfolgt haben."

Der Mann in Grau zuckte mit den Schultern.

„Ich bin schließlich kein Monster. Wozu grundlos ein Kind sterben lassen? Aber ... sagen wir mal so, meine eigenen Interessen gehen immer vor. Und weißt du,

da gibt es in diesem Waldanwesen einen Gegenstand, der mir sehr wichtig ist, so wichtig, dass ich auch töten würde, um ihn zu bekommen. Und diesen Gegenstand hast du in deiner Tasche."

Frigel holte die Figur hervor.

„Das Totem der Unsterblichkeit", der Mann bekam glänzende Augen. „Leg es auf das Gras … genau dort. Danke."

Frigel leistete dem Befehl Folge.

„Lassen Sie jetzt Fluffy los", forderte der Junge.

Der Mann in Grau hob die Figur auf und ließ sie in seine Tasche gleiten. Dann schien er zu Frigels Entsetzen zu zögern.

„Ich könnte deinen Hund auch behalten", erklärte er. „Wenn ich deinen Fluffy in meine Höhle mitnähme, hätte ich Macht über dich, Frigel. Du müsstest mir gehorchen. Und ich habe große Pläne. Ich …"

Die Hündin kam mit einem Satz heran und bohrte ihre Zähne tief in den Knöchel des Mannes, der vor Schreck seinen Griff lockerte. Fluffy sprang ihm ins Gesicht und biss kräftig zu. Frigel kam näher, während der Mann in Grau zurückwich. Seine Wange blutete.

„Rotzbengel!", knurrte er. „Verdammte Köter! Das werdet ihr büßen!"

Der Mann in Grau machte einen Schritt nach vorn – und ein Pfeil bohrte sich in seine Schulter. Vom Grauen gebannt, sah Frigel, wie die Silbergarden den Abhang hinunterrasten.

„Er ist es!", schrie der Hauptmann. „Das ist der Verbrecher, den wir suchen. Er ist gefährlich. Bringt ihn zur Strecke!"

Der Mann in Grau taumelte, die Hand auf der verletzten Schulter. Er machte stolpernd einen Schritt rückwärts, während eine neue Welle von Pfeilen sein Fleisch durchbohrte. Er zog sich noch weiter zurück, kam der Felskante direkt hinter ihm gefährlich nahe.

„Nein! Achtung!", schrie Frigel.

Der Mann in Grau kippte hintenüber ins Leere und verschwand.

KAPITEL 30

Als Erik wieder zu sich kam, lag er ausgestreckt auf dem Gras unter einer großen Eiche und zwei winzige Welpen leckten ihm das Gesicht ab. Ophelia und Jenna beobachteten ihn besorgt. Einige Blöcke entfernt hatte das Waldanwesen aufgehört zu brennen und von Weitem war Frigels Stimme zwischen jenen der Silbergarden auszumachen.

Erik stand auf und atmete die frische Luft tief ein. Jenna fiel ihm um den Hals.

„Du bist aufgewacht! Ich hatte solche Angst um dich!"

„Du unterschätzt deinen Bruder, Schwesterchen!", konnte Erik noch sagen, bevor er einen heftigen Hustenanfall bekam.

„Ich sage Frigel Bescheid!", meinte Jenna überglücklich.

Rasch lief sie davon, während Erik sich aufsetzte und mit gerunzelten Brauen die kleinen Welpen beobachtete.

„Sind es Mädchen oder Jungen?"

„Es sind zwei weibliche und zwei männliche Hunde", erklärte Ophelia, die neben ihm saß. „Fluffy hat zwei kleine Schwestern und zwei kleine Brüder! Aber man sagt nicht ‚Junge' und ‚Mädchen', wenn es um Hunde geht. Man sagt ‚Rüde' und ‚Hündin'."

Eriks Blick ließ Verzweiflung erkennen.

„Gut, dass du mich verbesserst. Nach einem heldenhaften Kampf gegen die Flammen, Zombies und den Enderman ist es wirklich entscheidend, seine Freunde über die richtige Begriffswahl aufzuklären."

Ophelia nickte.

„Ganz genau."

Für einen Moment sahen sie einander wortlos in die Augen, bis Erik verlegen den Blick abwandte.

„Ein mir gut bekanntes Mädchen hat eines Tages behauptet, dass Intelligenz wichtiger sei als Mut", sagte er im Flüsterton.

„Sie hat recht", erwiderte Ophelia ebenso leise. Sie traute sich nicht, ihn anzuschauen.

„Und dennoch", fuhr Erik fort, „habe ich gesehen, wie eben diese Freundin unglaublich viel Mut bewiesen hat, als sie sich auf einen Enderman stürzte."

Ophelia errötete.

„Bestimmt ein Anfall von Wahnsinn."

„Bestimmt", flüsterte der Junge.

Stille breitete sich aus. Ophelia hob den Blick und sah Erik in die Augen. Er nahm zärtlich ihre Hand. Dann beugte er sich schüchtern zu ihr hin. Gleich würden sich ihre Lippen berühren … doch in diesem Moment näherten sich Jenna und Frigel der Eiche mit großen Schritten.

„Erik! Und? Du metzelst neuerdings Endermen nieder?", rief Frigel seinem Freund begeistert entgegen.

„Nein", widersprach Erik. „Es war Ophelia, die …"

Um dann mit gerunzelter Stirn zu fragen:

„Was ist eigentlich aus dem Enderman geworden?"

„Jenna hat uns gerettet, mit … ähm … ihren Pfeilen. Der Enderman hat sich teleportiert, bevor er getroffen wurde – und ist verschwunden." Ophelia machte es kurz.

„Danke, Schwesterchen", sagte Erik.

Jenna lächelte verlegen und berührte heimlich die Enderperle unten in ihrer Tasche, während Frigel für Erik die neuesten Ereignisse zusammenfasste. Natürlich beschrieb er ihm auch, wie der Mann in Grau vom Felsen gestürzt war.

„Glaubst du, dass er tot ist?", fragte Jenna.

Frigel antwortete zögernd:

„Ich weiß es nicht. Aber es ist schwer vorstellbar, dass er einen solchen Sturz überlebt hat."

* *

Eine Stunde später machten sich die vier Freunde auf den Rückweg. Das Waldanwesen war vollständig abgebrannt, die Kinder aus Burg Spinnar warteten auf ihre baldige Heimkehr und Saroun würde als Gefangener zu seinem Prozess in die Hauptstadt gebracht werden.

Erleichtert, alle gesund und munter zu sehen, begleitete Moran seinen Neffen, seine Nichte, Frigel und Ophelia, bis sie den dichten Wald hinter sich gelassen hatten, um sich dann wieder zu den Silbergarden zu begeben. Zuvor ermahnte er die kleine Gruppe noch, auf direktem Weg nach Lanniel zurückzukehren.

Diese Anordnung entsprach voll und ganz dem Interesse der Kinder. Ihr Bedarf an Abenteuern war gedeckt! Und wie beglückend war es, durch einen echten Wald zu gehen: Man sah den Himmel und das goldgelbe Sonnenlicht; das gelegentliche Rascheln stammte von friedlichen Tieren und nicht von blutrünstigen Monstern.

„Was sollen wir mit all diesen Hunden machen?", fragte Erik, während er vergnügt beobachtete, wie die Kleinen um sie herumtollten. „Wollen wir sie adoptieren?"

„Wollt ihr zurück in die Freiheit?", fragte Jenna die Hündin, die sie auf dem Arm hatte. „Oder wollt ihr mit uns nach Lanniel kommen?"

„Wuff!", antwortete die Hündin in genau der Tonlage, in der auch Fluffy bellte.

„Alle kommen mit ins Dorf", verkündete Frigel in einem Ton, der keinen Widerspruch duldete. „Dort werden sie gewaschen und gefüttert, mindestens bis die Hündin wieder gesund ist."

„Sie braucht einen Namen", befand Ophelia. „Wir können sie nicht weiterhin ‚die Hündin' oder ‚Fluffys Mutter' nennen."

„Wuff!", machte Fluffys Mutter.

„Wuff!", bestätigte ihr Sohn.

„Ich schlage ‚Graue' vor", sagte Frigel.

Der Vorschlag wurde von Mensch und Hund einstimmig angenommen, doch einige Minuten später richtete Jenna es so ein, dass sie neben Frigel lief.

„Graue", wiederholte sie. „Zu Ehren des Mannes in Grau? Denkst du noch an ihn?"

„Ein wenig", gab der Junge zu. „Ich verstehe ihn einfach nicht. Er hat Fluffy bedroht, das stimmt. Aber er hat mir auch das Leben gerettet ..."

„Die Menschen sind vielschichtig", meinte Jenna. „Sie verstoßen gegen ihre Prinzipien, sie sind widersprüchlich, sie verheimlichen Dinge ..."

„Nicht alle!", widersprach Frigel. „Es gibt nichts, was ich zu verbergen hätte! Du doch auch nicht, oder?"

Jenna stammelte irgendetwas Unverständliches, bevor Ophelia sie rettete, indem sie einige Blöcke weiter vorn plötzlich mitten auf dem Weg stehen blieb.

„Ich hab's", rief sie aus.

„Was hast du?", fragte Erik.

„Folgt mir!", ordnete sie an, statt zu antworten.

Ihre Freunde tauschten erstaunte Blicke und folgten ihr, bis ein bekanntes Objekt zwischen den Bäumen auftauchte: die bunte Statue mit den merkwürdigen Ausstülpungen und leuchtenden Farben. Ophelia lachte vor Begeisterung und meinte dann fröhlich:

„Ich schlage eine Picknickpause vor. Anschließend halte ich einen kurzen Vortrag."

„Ähm, sehr gut", sagte Frigel überrascht.

„Ophelia ist ein merkwürdiges Wesen", befand Erik. „Doch nachdem nun das Wort Picknick gefallen ist, denke ich, alle sind mit dem Vorschlag einverstanden?!"

Niemand protestierte. So ließen sich die vier Kinder und sechs Hunde unter einem herrlichen blauen Himmel rund um die Statue im Gras nieder. Ophelia holte Süßigkeiten aus ihrer Tasche und verteilte sie in der Runde. Erik ging bester Laune Äpfel für alle sammeln.

Nach all den Gefahren war dies ein wahrer Moment des Glücks. Frigel streckte sich lächelnd auf dem Gras aus. Fluffy rollte sich an ihn gekuschelt ein, ganz so, als wolle er ihn nie wieder allein lassen. Die Welpen wälzten sich unter den liebevollen Blicken der Grauen auf dem Boden.

„Wir haben uns noch nicht in aller Form wieder versöhnt, Fluffy", flüsterte Frigel seinem Hund zu. „Es tut mir leid, dass ich dich daran gehindert habe, der Grauen und den Welpen zu Hilfe zu eilen. Doch ich habe es aus Angst um dich getan."

„Wuff", machte Fluffy. Sein Bedauern war zu hören. Er leckte Frigels Hand dort, wo er ihn gebissen hatte.

„Ich vermute, das ist deine Art, dich zu entschuldigen“, meinte der Junge.

„Wuff!“, bestätigte Fluffy.

Er sprang auf Frigels Bauch und leckte ihm quer über das Gesicht, während der Junge lachend protestierte.

„Hilfe! Das kitzelt!“

„Was ist mit deinem Vortrag, Ophelia?“, meinte Jenna.

„Stimmt!“, fiel Erik ein. „Wir sind ganz Ohr!“

Ophelia sprang auf die Füße und zeigte auf die Statue.

„Gut, hört mir zu. Es geht um dieses Werk. Es ist seltsam und man weiß nicht, was es darstellt. Da sind wir uns einig, oder?!“

Frigel pflichtete ihr bei, während Erik über den Unsinn sprach, den Künstler im Allgemeinen und Bildhauer im Besonderen fabrizieren – natürlich nur, um Ophelia zu ärgern. Würdevoll ignorierte das Mädchen die Attacken.

„Erinnert ihr euch an das, was ich das letzte Mal gesagt habe?“

„Dass die Statue etwas versinnbildlicht, das zugleich freudvoll und kompliziert ist?“, schlug Frigel vor.

„Ganz genau. Also, ich habe es gefunden.“

Ophelia schaute auf das Grüppchen, das sich unter den Bäumen versammelt hatte, und lächelte tief bewegt.

„Die Statue steht für die Freundschaft.“

EPILOG

Der Mann in Grau öffnete die Augen. In seinem Kopf drehte sich alles, er hatte Schmerzen in der Schulter und überall dort, wo ihn die Pfeile getroffen hatten, doch seine Wunden waren verheilt.

In seiner Hand hielt er das Totem der Unsterblichkeit.

Er erhob sich und verschwand unauffällig zwischen den Bäumen.